抜頭奇談

椹野道流

講談社X文庫

目次

物紹介

●天本《あまもと》 森《しん》

二十九歳。ミステリー作家。デビュー作をいきなり三十万部売ってしまったという、派手な経歴の持ち主。のみならず、霊障《れいしょう》を祓《はら》う追儺師《ついなし》として「組織」に所属。虚無的な台詞《せりふ》を吐く折もあるが、その素顔は温かい。さまざまな不安と心配を残しながらも、地獄のようなあの一連の事件は、とりあえず、落着した。敏生をその手に取りもどしたいま、天本の心に去来する思いは何か。

●琴平敏生《ことひらとしき》

二十歳。蔦《つた》の精霊《せいれい》である母が禁を犯《おか》して人とのあいだにもうけた少年。その身体《からだ》を流れる半分の異種の血によって、常人には捉《とら》え得《え》ぬものを見聞きし、また母の形見の水晶珠《すいしょうだま》を通じて草木の精霊たちの加護を得ることができる。「裏」の術者たる天本の助手として「組織」に所属。深い木立に包まれた温泉で、少年は至福の刻《とき》を過ごす。たとえそれが束《つか》の間《ま》であったとしても——。

登場人

●河合純也《かわいすみや》

盲目の追儺《ついな》師《し》。術者として駆け出しだったころの、天本の師匠。先日の事件の落着後、行方知れずとなる。

●龍村泰彦《たつむらやすひこ》

天本森の高校時代からの親友。兵庫県下で監察医《かんさつい》の職にある。天本と敏生のよき理解者、協力者である。

●早川知足《はやかわちたる》

「組織」のエージェント。かつては術者だったが、訳あって役目を変わり現在に至る。本業は外車メーカーの社員。

●小一郎《こいちろう》

天本の使役《しえき》する要《かなめ》の「式《しき》」。通常は羊の人形に憑《よ》り、顕現《けんげん》の際に青年の姿をとるが、現在、妖力《ようりょく》を喪失し顕現不能。

●辰巳司野《たつみしの》

妖魔《ようま》の骨董《こっとう》屋《や》。辰巳辰冬《ときふゆ》という陰陽師《おんみょうじ》の式神《しきがみ》だったが、人の形に封じられたまま、千年を生き長らえる。

●トマス・アマモト

天本森の父。一見、優雅な英国紳士だが、その実、途方もない暗黒を内に秘め、しかもそれを楽しんでいる男。

イラストレーション／あかま日砂紀《ひさき》

抜頭奇談

一章　待ちかねた朝に

「おい、敏生《としき》。荷造りはすん……」

半ば開いたままの扉から、同居人である琴平敏生《ことひらとしき》の部屋を覗《のぞ》いた天本森《あまもとしん》は、声をかけようとしてハッと口を噤《つぐ》んだ。

ベッドの上には、口を開いたボストンバッグと小物や衣服。そしてその傍《かたわ》らには、パジャマ姿の敏生が、こてんと横たわって静かな寝息を立てていた。

まるで遠足前夜の子供のようなその姿に、森のともすれば冷たく見える整った顔が柔らかく綻《ほころ》ぶ。

森は足音を忍ばせて部屋に入り、ベッドの端に腰掛けた。気持ちよさそうに眠る敏生の顔を、じっと見下ろす。

「まったく。夜はまだまだ冷え込むというのに、こんなところでうたた寝してしまって。風邪《かぜ》でも引いたらどうするんだ」

布団《ふとん》に押しつけられた敏生の頬《ほお》は、まるで十代の少年のような優しい丸みを帯び、口元には小さな笑みが浮かんでいる。

（ずいぶんと、元気そうになった……）

いつもは固く結ばれている森の薄い唇にも、我知らず安堵《あんど》の微笑が浮かんだ。

闇《やみ》の妖《あやか》しに河合《かわい》が心身を乗っ取られ、そんな河合に敏生が拉致《らち》監禁された事件は、もう一か月も前のことになる。

監禁されていたのは数日間にすぎないとはいえ、その間に河合に断続的に注射されたモルヒネのせいで、敏生は酷《ひど》い禁断症状に苦しめられることになった。半精霊《はんせいれい》の体を持つがゆえに入院すらできず、龍村《たつむら》の献身的な介護と敏生自身の頑張りの末、ようやく峠を越えたものの、不快な症状は長く後を引いた。

闘病生活ですっかり衰弱した敏生の体が力を取り戻し始めたのは、つい最近のことなのである。

ようやく、敏生が遠出にも耐えられるようになったと判断した森は、四月のある日、昼食を食べながら、敏生にこう言った。

「どうだい。そろそろ約束していた旅行に出かけてみないか」

それを聞いた敏生の顔が、パッと輝いた。

「わあ、ホントですか？　嬉《うれ》しいなあ。でも、天本さん、お仕事のほうはいいんですか？

ここんとこずっと、原稿が大変そうでしたけど」

素直な喜びを満面に表し、それでも自分のことを気遣う敏生に、森は苦笑いで頷《うなず》いた。

「旅行に行くために必死で仕事を片づけたんだ。心配はいらないさ。それに、君もそろそろ体力がついてきて、退屈の虫が騒ぎ出したようだからね。そのうちこの家から脱走してしまいそうな様子じゃないか。その前に、俺の監視つきで遊びに連れていくことにした」

暗に、最近庭でよく絵を描《か》いていることを指摘され、敏生は照れ臭そうに笑って正直に頷いた。

「だって、おとなしく養生してろなんて言われても、退屈で、そんなにいつまでも寝てばかりなんていられませんよ。僕は天本さんと違って読書の趣味とかないし、かといってまだアトリエ通いを再開するほど本調子でもないし……。となると、どうしても庭に出て、スケッチしたり水彩画を描いたりくらいしか、できることがないんですよう」

「なるほどな。では、君が絵を描いて、俺が読書に勤《いそ》しめるような場所を探すとするか。国外はまだ無理だろうから、国内でどこかよさそうなところ……そうだな……」

思いあぐねる様子の森に、敏生は楽しげにこう言った。

「じゃあ、お昼ご飯を食べ終わったら、腹ごなしに散歩がてら本屋さんまで行きませんか？　ガイドブック買ってきて、どこがいいか決めましょうよ」

「そうだな。俺もここしばらく運動不足だったし、ぶらぶら出かけるとしようか」

森は頷《うなず》き、しかししっかりと釘《くぎ》を刺すことは忘れなかった。

「とはいえ、本屋も旅行も逃げないんだ。急に飯を掻《か》き込《こ》んだりせずに、ゆっくり食えよ」

思えばそのとき、森はこれまでの経験から、その後の展開を予測してしかるべきだったのかもしれない。だが森とて、ここしばらくの事件とその事後処理で、精神的にかなり疲労していたのだ。いつもなら危険を素早く察知するはずの森の神経も、ほんの少しそのエッジが鈍《なま》っていたのだろう。

もし、森が普段の彼なら、書店で旅行のガイドブックを買った後、そのまま喫茶店にでも立ち寄って本を見ながら旅行先を決定し、その日のうちに切符や宿の手配をすませてしまったことだろう。

だが森は、そうしなかった。

敏生と二人で路傍の八重桜などを眺めつつ駅前までゆっくり散歩し、書店で数冊ガイドブックを購入した彼は、夕飯の買い物をすませただけでさっさと帰宅してしまったのだ。

そんなわけで、その夜、夕飯を作り終えた森の耳にインターホンが来客を告げた瞬間……彼が漏らした呟《つぶや》きは、まさしく「……まさか」だった。

そして、森の予想……いや、危惧《きぐ》したとおり、敏生に伴われて居間に入ってきたのはエージェントの早川知足《はやかわちたる》だった。

いまだに左腕を白い三角巾《さんかくきん》で吊《つ》り、首にカラーをはめた痛々しい姿の早川ではあるが、その顔に浮かんでいるのは、いつもの柔和な笑顔だった。

「これは天本様、しばらくご無沙汰《ぶさた》をいたしました。お元気そうで何よりです」

森は渋い顔で、テーブルに料理の皿を並べながら言葉を返した。

「お前が無沙汰をしてくれたほうが、うちは平和なんだがな。……お前こそ、どうなんだ。見たところ、まだ全快にはほど遠いようだが」

「はあ、やはり寄る年波には勝てぬと申しましょうか。なかなか骨がついてくれません。それでも来週には、ギプスを半分にカットしてもらえるのだそうです。そうすれば必要なときはギプスを取り外せますから、ようやく腕をビニール袋で包んで入浴する不自由からは解放されそうですよ」

「よかったですね！ でも、首のほうは？」

「こちらも、もうかなりいいんです。しかし、外すとやはり疲れやすかったり頭が痛くなったりしますのでね。……どちらも、もう少しの我慢といったところでしょうか」

「いろいろ不自由ですよね。でも、だいぶよくなられたみたいでホッとしました」

敏生はそれを聞き、嬉《うれ》しそうに言った。森も、心密《こころひそ》かに愁眉《しゅうび》を開く。

一連の事件を引き起こしたのは……つまり闇《やみ》の妖《あやか》しを操っていたのは、ほかならぬ森の父であるトマス・アマモトだった。闇《やみ》の妖《あやか》しを、森の亡《な》き恋人杉本《すぎもと》霞波《かなみ》の兄である河合に宿らせるために、トマスは早川を巻き添えにし、重傷を負わせたのである。

いくら現在は敵対関係にあるとはいえ、森はトマスの実の息子である。森の胸中には、早川に対する大きな罪の意識があった。快復の知らせを聞き、ホッと胸を撫《な》で下《お》ろすのも、無理からぬことであろう。

「それで？　今日は何の用だ。俺たちの様子でも窺《うかが》いに来たのか？」

口ではあくまでも素っ気なくそう問いかけた森に、早川はにこやかに頷《うなず》いた。

「ええ。わたしの顔を見忘れてしまわれると寂しいですし、お二人のお顔も拝見しとうございましたので。ご挨拶《あいさつ》だけでもと思いまして、仕事帰りにお伺いしてみました。お約束もせず、申し訳ありません」

「僕も早川さんに会えて嬉《うれ》しいです。ここんとこ、ずっと家にいるから退屈で。あ、そうだ。ちょうどこれから夕飯なんですよ、早川さん。一緒に食べていかれませんか？　それともおうちでご家族が待ってます？」

「いえ、この週末は、家内も娘も家内の実家に行っておりまして。わたしひとりなのですよ。ですから、ここを失礼してから、駅前の定食屋にでも行くつもりだったのですが」

「何だ、だったらうちで食べてってください。たくさんで食べたほうが、賑《にぎ》やかで美味《おい》しいし。ね、いいですよね、天本さん」

「……好きにすればいい」

どうせ最初からそのつもりで来たんだろうという言葉は呑《の》み込《こ》み、森は仏頂面《ぶっちょうづら》で頷《うなず》く。早川も申し訳なさそうにしつつも嬉《うれ》しそうな笑顔で、敏生に導かれてテーブルについた。

その日の夕飯は、敏生の希望で、鶏《とり》の唐揚げとかぼちゃたっぷりの洋風炊き込みご飯、それに菜の花のおひたしというメニューだった。

「何だか、天本さんと小一郎《こいちろう》以外の人に会うの、久しぶりなんですよね。龍村先生とは、時々電話でお話しするんですけど。だから、早川さんが来てくださって、いつもよりも嬉しいです」

「そうですか。わたしなどの顔でそれほど喜んでいただいてしまっては、申し訳ないような気がいたしますね。ですが、そう言っていただけると、わたしもとても嬉しいですよ」

敏生と早川は、そんな他愛《たわい》ない会話を交わしつつ、楽しげに料理を口に運ぶ。それとは対照的に、黙々と炊き込みご飯を頬張《ほおば》る森は、苦虫を一摑《ひとつか》み嚙《か》み潰《つぶ》したような顔つきをしていた。

敏生に他意がないことなど、森とてよくわかっている。それでも、自分と二人だけではつまらないと言われた気がして、どうにも面白くないのだ。しかも、そんなふうに勘ぐってしまう自分が情けなくて、ますます不機嫌になってしまう悪循環なのだった。

そんなわけで、食事を終え、居間に移動して桜餅《さくらもち》とほうじ茶でデザートを楽しむ段になっても、森はムスッとした顔で、黙り込んだままだった。

ソファーに並んで座った敏生は、少し心配そうに、そんな森の顔を見やった。

「天本さん？　どうかしたんですか？」

二つ目の桜餅の葉を剝《む》きながら、森は無愛想に答える。

「べつに」

「何か機嫌悪そうですよ、さっきからずっと。それとも、具合悪いんですか？　頭でも痛い？」

「……何でもない」

森はそう言って、作りたてのやわらかな桜餅を頰張《ほおば》る。だが敏生は、不思議そうに森の顔を覗《のぞ》き込《こ》んだ。こういうときの敏生は、納得するまでけっして容赦しない。

「ホントですか？　でも、眉間《みけん》に凄《すご》い縦皺《たてじわ》寄ってますよ？」

「…………本当に何でも……」

「ああ、これはいけません。今日お邪魔した本来の目的を、危うく忘れるところでした」

困惑して顔を背ける森に助け船を出したのは、皮肉なことに森の不機嫌の原因である早川だった。

「目的？」

敏生の視線は、森から早川に素早く移動する。森もホッとして、桜餅《さくらもち》を飲み下し、早川を見た。

「何だ、やはり用事があったのか？　だが、まだ仕事の依頼を受ける気はないぞ」

「それは重々わかっております。実はわたしのほうも、『講』にはまだ顔を出しておりません。せめてこの見苦しい首と腕のギプスが取れるまで、エージェントの仕事は休ませていただこうと思っております。……その……ただでさえエージェントというのは耳聡《みみざと》いものですから、あの事件についても、すでにいろいろと噂《うわさ》が流れていることと思いますし」

ほかのエージェントたちに、ことの真相を問い詰められても厄介ですのでね、と情けない顔をして、早川はフレームレスの眼鏡《めがね》を指先で押し上げた。

敏生は不思議そうに問いかける。

「じゃあ、本来の用事っていったい……」

「はい、実はこちらを」

早川は足元のアタッシュケースを開き、褐色の大きな封筒を取り出した。それをローテーブルに置き、ちょうど森と敏生の中間あたりの微妙な場所に押しやる。

森がどっしりソファーに身を沈めて動こうとしないので、敏生は遠慮がちに封筒を手に取り、中に入っていたものを出してみた。

いつもなら、霊障《れいしょう》解決関連の資料が入っているであろうその封筒から出てきたのは、数通のパンフレットと列車のチケットだった。

「……あ」

いちばん上にあったパンフレットを一目見て、敏生は小さな驚きの声をあげた。横目でそれを見た森も、片眉《かたまゆ》を微妙に上げる。

縦長のパンフレットの表紙には、「下呂《げろ》温泉 飛騨高山《ひだたかやま》」と印刷されていた。早川は、二人の反応を素早く観察しつつ、もの柔らかな声で言った。

「お二人にはいろいろとお世話になりましたし、霊障《れいしょう》解決を依頼しておりません今が、羽を伸ばしていただくいちばんの好機ではないかと思いまして。わたしからのささやかなお礼として、ちょっとした旅行でもプレゼントさせていただきたいのです」

森は、あからさまに困惑の体《てい》で眉根を寄せた。

「もとはといえば、すべて俺の父親の企《たくら》んだことだ。俺がお前に詫《わ》びこそすれ、お前から礼を受け取る筋合いなどない。それに……」

敏生もさすがに申し訳なさそうに言葉を添える。

「そうですよ。僕だっていっぱいお世話になっちゃったんだし。……龍村先生に聞きました。僕のために、医療器具とか薬とか、普通ならお医者さんでないと手に入れられないようなものを、頑張って手配してくださったんだって。だから、ホントは僕がお礼をしなくちゃいけないのに」

早川は、二人の顔を交互に見やり、笑顔で言った。

「ですが、公園で倒れているわたしを見つけてくださったのは琴平様ですし、病院へ運んでくださったのは天本様です。頭の傷からの出血でショック状態に陥っていましたから、発見が遅れれば命にかかわる事態だったと主治医が言っていましたよ。ですから、お二人がわたしの命の恩人であることは確かでしょう」

「だが、早川……」

「お礼が受け取れないと仰《おっしゃ》るなら、エージェントからの先行投資だと思ってくだされば結構です。英気を養い、一刻も早く術者の任務に復帰していただけるようにという下心のこもった……ね」

たたみかけるような早川の言葉に、敏生は躊躇《ためら》いがちに森を見る。森はそんな敏生の手から、パンフレットを取り上げた。パラパラとページをめくりながら、念を押す。

「……本当に、裏はないいんだろうな？」

「ございません」

早川は即答し、だがさりげない口調で付け足した。

「ああ、ですが、同様にお礼をしたいと思いましたので、龍村様を同じ宿にご招待させていただきました。お仕事が多忙を極めておられるということで、一泊くらいは合流できるだろうとのことでした」

それを聞いて、敏生はパッと顔を輝かせた。

「わあ、龍村先生も来られたらいいなあ。改めて、お世話になったお礼を言わなきゃ。あ、でもまだ行くって決めたわけじゃなかったんだっけ。……ね、天本さん」

相変わらず仏頂面《ぶっちょうづら》の森を上目遣いに見つつ、敏生は森に早川の申し出を受けるか否《いな》かの決断を促す。森は諦《あきら》め混《ま》じりの溜《た》め息《いき》をついて口を開いた。

「お前のその素晴らしい『勘』を、もっと警戒してしかるべきだった」

「と、仰《おっしゃ》いますと？」

「今日、ちょうど旅行に行こうかという話になってな。今日の午後、旅行のガイドブックを買ってきたばかりなんだ。……その中に、飛騨高山地方の本もある」

「それはそれは。わたしの勘も、まだ捨てたものではありませんね」

「それが『眼』という名の勘であってもな」

辛辣《しんらつ》な皮肉をぶつけ、しかし森は自分の手のひらに、パンフレットを軽く打ちつけて苦笑いした。

「だが、その先行投資……というかお前の気持ちを、今回はありがたく受け取ることにしよう。下呂温泉には、一度行ってみたいと思っていたんだ。それに、おそらく俺と敏生の感謝の念は、仕事っぷりで表すのが、お前にとってはいちばんなんだろう」

「やった！　僕も、天本さんを一生懸命手伝って、お仕事頑張りますから！　ありがとうございます、早川さん。……お土産《みやげ》いっぱい買ってきますね」

敏生は嬉《うれ》しそうにポンと手を打つ。早川も、柔らかな表情で頷《うなず》いた。

「足を延ばせば有名な観光地の高山がありますが、下呂温泉自体はそれなりに静かなところです。中心部から少し離れた宿をお取りしてありますので、静養にはもってこいの場所だと思います。……一応、お宿は明後日《あさって》から押さえてありますから、お好きなだけご滞在ください。ご一報いただければ、帰りの列車をすぐ手配いたします。……では、わたしはこれで。思いがけなくご馳走《ちそう》になり、ありがとうございました」

きれいに話をまとめて、早川は席を立った。自分も立ち上がろうとした敏生を片手で制し、森はみずから早川の見送りに立った。

玄関の扉を後ろ手に閉め、まだ冷たい夜風に肩をすぼめるようにしつつ、早川はカラーのせいで幾分ぶかっこうな礼をした。

「それでは、天本様。お体に障《さわ》りますから、もう中へお入りください。門扉《もんぴ》はわたしがしっかりと閉め……」

「俺は病人でも怪我人《けがにん》でもないんだ、俺まで気遣う必要はないさ。それに、ここまで出てきたのは、お前に訊《き》きたいことがあるからなんだ」

「は……何でございましょうか」

森は、抑えた声で早川に問いかけた。

「河合さんの行方は？」

早川は、天本家に来て初めて眉《まゆ》を曇らせた。家の中にいる敏生を憚《はばか》るように、こちらも小声で答える。

「捜してはおります」

「……ということは、お前のところにも、河合さんからの連絡はまだないのか」

早川は、森の瞳《ひとみ》に失望の色を読み取りつつ、慇懃《いんぎん》に答えた。

「はい。もとより、居場所をいちいち律儀《りちぎ》に知らせてくださる方ではありませんでしたし。貘《バク》の妖魔《ようま》と別離状態にある今なら……と期待はしたのですが、まだ摑《つか》めておりません。貘の微《かす》かな痕跡《こんせき》を追って、別の位相を旅しておられる可能性もあるのではないでしょうか」

森も、沈んだ面持ちで「そうか」と言った。

「体内に共生し、河合さんの目の代わりをしていたあの貘がいなくなっては、いろいろと不便だろうに。敏生のことで気兼ねしたのか、弟子の俺にさえ助力を求めず姿を消してしまった。俺は、河合さんを陥《おとしい》れた男の息子だ。これまでどおり信頼してほしいと願っても、やはり無理なのかもしれないな」

「そんなことはありますまい」

森の言葉を、早川はやんわりと、しかし即座に否定した。

「早川……」

早川は、自由に動く右手で森の二の腕に軽く触れ、諭すように言った。

「あの方は孤独な生い立ちをなさったせいか、一度懐《ふところ》に入れた人間には、本当に優しく誠実な方ですよ。貘《バク》と一緒に帰ると仰《おっしゃ》って旅立たれたのでしょう？　きっと、いつか必ず戻ってこられます」

「……何事もなかったような、昨日別れたばかりのような顔で？」

「ええ」

「そうかも……しれないいな」

早川は、遠い日を思い出すように微笑した。

「あの方は、お若い頃からずっとそうでしたから。わたしと出会った頃はまだ二十代でしたが、外見も暮らしぶりも今と少しもお変わりになりません。生来の風来坊でいらっしゃるのでしょうね。ですから、我々は河合様がお戻りになるその日を、ただ静かに待つといたしましょう」

「そうだな。敏生と仕事を片づけながら待つしかないか。師匠の名を汚《けが》さないよう、弟子二人で気を引きしめてやるさ。……そのためにも、お前の厚意に甘えて下呂温泉でゆっくりさせてもらうよ。もうすっかり元気になったように見えても、敏生にはもう少し静養が必要だ」

「そうでしょうね。……ですが、久しぶりに琴平様にお会いして、心底安心いたしました。以前お見舞いに伺ったときは、痛々しいほど痩《や》せておられましたから」

「そうだったな。……あいつらしく、食欲がまっ先に回復したよ。今では呆《あき》れるほど食っている」

苦笑いで、しかしどこか嬉《うれ》しそうにそう言う森を、早川は眼鏡《めがね》の奥の細い目で優しく見やった。

「それでこそ琴平様ですよ。天本様も、料理の作《つく》り甲斐《がい》があることでしょう。……では、お気をつけて、ごゆっくり楽しんでいらしてください。もし何かありましたら、必ずご連絡を」

「わかっている」

早川はもう一度腰を屈《かが》めるような不自由な礼をして、天本家を辞した。その背中をしばらく無言で見送ってから、森は門扉《もんぴ》の施錠《せじょう》を確かめ、家の中に入った。

敏生は、台所で食器を洗っていた。

「ああ、いいよ。俺が洗うから」

森はそう言って、優しく、しかしきっぱりと敏生を脇《わき》に押しやった。敏生は素直に泡だらけのスポンジを森に譲り、自分は手を洗った。

「僕がお皿でも割ったら困るって思ったでしょう、今」

笑いを含んだ声で言われて、森も肩を竦《すく》めて正直にそれを認めた。

「確かにな。それに、桜餅《さくらもち》をのせていた皿は、漆塗りのいいものなんだ。洗剤をつけたスポンジで力任せに洗われては、傷んでしまう」

「え？　じゃあ洗わないんですか？」

「柔らかい布で拭《ふ》くだけでいいんだよ。皿を汚さないように、菓子の下に懐紙を敷いてあっただろう？」

「あ、なるほど……」

タオルで濡《ぬ》れた手を拭いてから、敏生は森の洗った食器を受け取り、乾燥機に綺麗《きれい》に並べ始めた。

「ねえ、天本さん」

「何だい？」

敏生は、森の顔を見ずにさりげなく訊《たず》ねた。

「外で早川さんと何話してたんですか？」

森も、白い皿を親指の腹で擦《こす》って洗剤を洗い流しながら、ごく自然な口調で答えた。

「べつに。旅行の礼を言っただけだよ」

「ふうん……」

あまりに自然すぎて、かえって嘘《うそ》だとわかってしまう森の言葉だったが、敏生は敢《あ》えて問い詰めようとはしなかった。森の横顔が穏やかだったので、早川と険悪な話をしてきたわけではないのだろうと推し量ったからだ。

「その……なんだ。君がずいぶん元気になっていて嬉《うれ》しかったと早川が言っていた」

追及されないことでかえって良心が咎《とが》めたのか、森は少し早口にそんな言葉を付け加える。敏生はクスリと笑って頷《うなず》いた。

「お互い様ですよね。僕だって、早川さんがだいぶよくなったみたいで、ホッとしました。ギプスはまだだけど、もう頭に包帯巻いてなかったし」

「ああ、そうだな」

森はそこで初めて敏生のほうを見て、少し真面目《まじめ》な口調で訊《たず》ねた。

「そういえば、本当に下呂温泉でよかったのか?」

「え?」

「早川に気を遣ったのなら、そんな必要はないんだぞ。せっかく何冊もガイドブックを買ったんだ、ほかに行きたいところがあるなら、今からでも遅くない。早川の申し出を断ることはできる」

敏生は意外そうに目を見張った。

「天本さん? どうしてそんなこと……。僕、行きたくなさそうに見えます?」

「いや、見るからに楽しそうだが」

「ええ、すっごく楽しみですよ。でも、だったらどうして?」

森はシニカルな口調で答えた。

「早川の持ってきた話だからさ。……さすがに今回は何の策略もないと信じたいが、百パーセント安穏な旅行がしたいなら、あいつの持ってきた話は蹴《け》って、自分たちで行き先を決め直したほうが確実だろう……その、過去の経験から鑑《かんが》みて、ということだが」

そんな森の疑り深さに、さすがの敏生も少し呆《あき》れ顔《がお》になる。

「もう、考えすぎですよ、天本さん。いくら何でも今回は、早川さんだって何も企《たくら》んでませんって。だいたい、まだ『講』に出てないって言ってたじゃないですか。お仕事の絡《から》めようがないでしょう」

「それは……そうなんだが」

「大丈夫、今回はただのプレゼントですよ。……僕は、きっと楽しい旅になるって思います。そんな予感がするって言ったほうが正確かな」

「ほう、そうか? 君の嫌な予感は百発百中だが、いい予感も同じくらいの確率で当たるといいな」

「当たりますよう。だから、そんな顔しないでください。ほら、また眉間《みけん》に辛気くさい皺《しわ》が寄ってますよ」

敏生は森の懸念《けねん》を笑い飛ばしたが、森はまだ少し気がかりそうに呟《つぶや》いた。

「……君のいい予感と俺の悪い予感、どちらがより精度が高いか、テストを兼ねた旅になりそうだな……」

＊　　＊

早川が訪ねてきた翌々日の午後三時過ぎ。

森と敏生は、下呂駅に降り立った。名古屋《なごや》まで新幹線で行き、そこからは在来線に乗り継いで、約四時間の道のりである。

平日であるせいか、下呂駅で降りた乗客はそう多くなかった。

プラットホームをゆっくり歩きながら、敏生はキョロキョロとあたりを見回した。

「静かなところみたいですね」

「そうだな。……宿の迎えの車が、駅前に来ているはずだ。行こう」

森はさりげなく敏生のバッグに手を伸ばしたが、敏生はそれを軽い身のこなしでかわし、駅舎の外に出た。

駅の真ん前には、道路を挟んで土産物屋《みやげものや》が数軒並んでいる。

「あ、いろいろ売ってる。何があるんだろ……わっ」

ついフラフラとそちらへ行こうとする敏生のパーカのフードを、森はすかさず鷲掴《わしづか》みにして言った。

「馬鹿《ばか》、到着してすぐ土産物《みやげもの》を物色する奴《やつ》がいるか。まずは宿へ行くぞ」

「ちぇっ。見るだけなのにい」

「見るのも明日以降にしろ」

森は敏生を引きずるようにして、駅舎を出てすぐ右手のタクシー乗り場へ行った。そこには、それぞれの宿の名前が入った旗を持った迎えのドライバーが数人、暇そうに煙草《たばこ》をふかして世間話に興じている。

森は、早川が手配した宿「山の湯」の旗を持った老人に声をかけた。旗と同色の紫色の法被《はっぴ》を羽織った小柄な老人は、人好きのする笑顔で、背後に並んだマイクロバスの一台を指さした。

二人が乗り込んでしばらくすると、その老人がみずからハンドルを握り、バスは発進した。森と敏生のほかに、客が三人乗り込んでいる。

いかにも田舎のバスらしくのんびりしたスピードで走るマイクロバスは、ほどなく大きな川を横切る橋にさしかかった。橋の近くの河原には、小さな野天風呂《のてんぶろ》があり、数人の男性が気持ちよさそうに入浴している。

橋の欄干には、白鷺《しらさぎ》の絵や彫刻があちこちに見受けられた。

「これが飛騨川かあ。白鷺と下呂温泉って、何か関係があるのかな」

窓にへばりつくようにして街の様子を眺めていた敏生は、ふと首を傾《かし》げた。森は、敏生の後頭部と窓枠の隙間《すきま》からわずかに外の様子を見ながら、こともなげに答える。

「その昔、傷ついた白鷺《しらさぎ》がここにやってきた。白鷺が傷を癒《いや》した場所を見ると、滾々《こんこん》と湯が湧《わ》いていた。……そうして下呂温泉は発見されたそうだよ」

「へえ。やっぱり天本さんは物知りですねえ」

「ガイドブックに書いてあったじゃないか。君だって読んでいただろう」

「僕は、いつだって美味《おい》しいものの欄しか読んでませんよう」

「それもそうか。それより、俺にも少しは景色を見せろよ」

森は笑いながら、敏生の額を軽く押して、背もたれにその小さな頭を押しつけた。ようやく、森の視界にも、橋を渡りきったところにある温泉街の中心部らしき通りが映る。その手の場所はおそらく夜にはある程度賑《にぎ》わうのだろうが、昼間に見ると、少々侘《わ》びしい感じの古びた看板がバスの窓から見えた。

バスは小さな街をあっという間に通り抜け、道幅の細い、急な山道を登っていく。ヘアピンカーブをいくつか曲がったところに、目指す宿の「山の湯」があった。

ほんの数分前に通り過ぎた温泉街の雑多な感じが嘘《うそ》のように、「山の湯」は、杉や檜《ひのき》の深い木立に囲まれた、山の中腹にある趣ある宿だった。

昭和《しょうわ》初期に建てられたという本館は、三階建ての数寄屋造《すきやづく》りである。宮崎《みやざき》駿《はやお》のアニメに出てきそうな伝統的日本建築の本館の隣に、こちらは二階建ての瀟《しょう》洒《しゃ》な洋館が寄り添うように建っているのが面白い。

広い玄関から本館に入ると、昔の帳場の趣を残すフロントがすぐ左手にあった。森がチェックインの手続きをすませているあいだに、敏生はそのすぐそばの土産物《みやげもの》コーナーをちゃっかり覗《のぞ》く。

しかし、すぐに部屋係の女性が迎えに来たので、敏生は何かを買い込む暇もなく、森とともに長い廊下を通り、客室へと案内された。

二人が通されたのは、本館二階の「乙女の間」だった。建物の外観に違《たが》わず、客室も純和風のしつらえである。六畳の控えの間に続いて、床の間つきの十畳の和室があり、障子の向こうには、椅子《いす》とテーブル、そして冷蔵庫が置かれた板張りの回廊があった。

お茶とお菓子を出し、館内施設をひととおり説明すると、部屋係は「どうぞごゆっくり」と言い置いて、部屋を出ていった。敏生は茶菓子の包み紙をぺりぺりと剝《は》がしながら、広い室内を見回した。

「温泉旅館っていうから、もっとゴテゴテした部屋なのかと思ってました。何もなさすぎてがらーんとしてますね」

「そうか?」

漉《こ》し餡《あん》を餅《もち》で包み、きなこをまぶした、旅館によくあるタイプの菓子を口に運びながら、森は薄く笑った。

　確かに、古びた畳が敷かれた室内には、最低限必要なものしか置かれていない。座敷には、大きな卓と座椅子《ざいす》が二脚、それにテレビがあるだけである。床の間に生けられた花と小ぶりの掛け軸が、ささやかな装飾品だった。

　控えの間には、創業当時は確実に存在していなかったであろう洗面所とトイレが半ば無理やり設置されているほかは、クローゼットと金庫、それに簡素な鏡台しかなかった。

「だがほかに必要なものもないだろう。ゆったりくつろげそうな部屋だ」

　敏生は餅《もち》を食べてしまうと、そのままバタンと畳の上にひっくり返った。気持ちよさそうに、杉板張りの高い天井を見上げる。

「そうですね。あんまり綺麗《きれい》だと、肩が凝っちゃうかも。……龍村先生のお祖母《ばあ》ちゃんちに少し似てる感じがしませんか？　田舎の親戚《しんせき》の家に来た感じ、っていうのかな。僕にはそんな経験ないですけど」

「ああ、そうだな。ただし残念ながら、ここでは蚊帳《かや》は吊《つ》らないだろうが」

　森はそう言いながら席を立ち、板張りの回廊に出た。長年、念入りに磨き込まれたのだろう。飴色《あめいろ》に光る床は滑らかだった。一面に張り巡らされた大きなガラス窓は、古いものをそのまま使い続けているのか、外の景色がゆらゆらと波打って見える。

　二人の部屋は玄関のちょうど斜め上にあたるらしく、深い杉木立の間から、下呂温泉の

町並みや、さっき渡ってきた川が遠く見渡せた。窓を開けると、土と木の淡い匂《にお》いを含んだ風が流れ込んでくる。

森は爽《さわ》やかな涼風を胸いっぱいに吸い込み、大きな伸びをした。早川の選択を素直に賞賛するのはしゃくだったが、宿は、森の好みにぴったり合っていた。

静かで自然が豊かな、古びた和風の宿。しかも、長逗留《ながとうりゅう》するのに良心が咎《とが》めるほど豪華絢爛《けんらん》でなく、どちらかといえば鄙《ひな》びていて、従業員も客を構いすぎない。森にとっては、願ったり叶《かな》ったりの環境だった。

(後で……早川に、無事到着の連絡を入れておかなくてはな)

そんなことを思いながら、森は窓の外を眺めたままで敏生に声をかけた。

「さて、どうする？　一休みしたら、館内探検にでも出てみるかい？　それとも、先に温泉に？」

「………………」

「……敏生？」

悩んでいるのかと思ってしばらく待ったが、返事はない。不審に思って振り向いた森は、すんなり切れ上がった眉尻《まゆじり》をわずかに下げた。

敏生は、さっきひっくり返ったときと同じ、両手を頭の下に敷いたままのポーズで眠り込んでいたのだ。

「やれやれ」

　森は窓を閉め、足音を忍ばせて敏生に近づいた。

「昨夜《ゆうべ》も荷造りの途中で眠ってしまったのに、今日も朝から大はしゃぎするからだ。君は本当に、学習という言葉を知らない奴《やつ》だな」

　敏生を起こさない程度の囁《ささや》き声《ごえ》でそんな苦言を呈し、森は自分のジャケットを脱いで、敏生の体に掛けてやった。

　周囲の人間を心配させまいと努めて元気に振る舞っている敏生だが、やはり体力が十分に回復していないらしい。気が緩むと、こんなふうに他愛《たわい》なく眠りに落ちてしまうのだ。

（移動のあいだ、俺に気を遣ってずっと喋《しゃべ》っていたものな。余計に疲れてしまったんだろう）

　森は、敏生の額にそっと手を当て、発熱していないことを確かめてから立ち上がった。日暮れまでは、部屋の温度もそう冷え込んでこないだろうと判断し、このまま敏生を休ませてやることにしたのである。

　館内探検も温泉も敏生が目覚めるまでお預けになってしまったので、森は回廊の椅子《いす》に掛け、持参の本を開いた。どこに行くときも、森は必ずバッグに数冊本を入れていく。それらはたいてい、執筆に必要な資料である。自宅ではとても読む気になれない難解な専門書でも、旅先なら退屈しのぎに何とか読破することができるものなのだ。

すっかり冷めてしまった茶を啜《すす》りながら分厚い洋書に目を走らせていた森は、ふと視界の端に妙な動きをするものがあるのに気づき、ページから顔を上げた。

見れば、敏生に掛けてやったジャケットの一部が小さく盛り上がり、何かがゴソゴソと動いているのだ。

「……ああ」

森は表情を和らげると、本をテーブルに伏せ、立ち上がった。敏生の傍《かたわ》らに片膝《かたひざ》をつき、ジャケットの裾《すそ》をつまみ上げる。

布の下で盛んに動いていたのは、敏生が肌身離さず持っている羊人形だった。いつもジーンズのベルト通しからぶら下げているので、寝転んだ拍子に羊の右前足が敏生の下敷きになってしまったらしい。

「やれやれ、今度はお前か」

森は苦笑いしながら、敏生を起こさないようにそうっと羊人形を救出してやった。そして椅子《いす》に戻ると、伏せた本の上に人形を置いた。

——か、かたじけのうございまする、主殿《あるじどの》。

敏生の体重で中に詰めてある樹脂の粒が偏ってしまったのだろう、ブレイクダンスのような妙な動きをしながら、羊人形……森の忠実な式神《しきがみ》の小一郎は、主に礼を言った。

今の小一郎は、人間の姿になることができない。拉致《らち》監禁された敏生を単身救出に向かった小一郎は、妖《あやか》しに魅入られた河合に妖力《ようりょく》のほとんどを奪われ、人間でいえば失血死寸前の状態に陥ったのだ。

　幸い、消滅寸前のところで主《あるじ》である森の「気」を与えられて救われ、雑霊《ざつれい》を狩って少しずつ妖力を回復しつつあるものの、まだ元通りにはほど遠い。喋《しゃべ》れるようになったのさえ、ほんの一週間前のことなのである。こちらも敏生同様、まだまだ養生が必要な身であった。

「どうした。人間になれないにせよ、人形から抜けられないわけではないだろう。何を暴れていたんだ？」

　笑いを含んだ声で問われ、小一郎は決まり悪そうに、タオル地のクタクタした前足で小さなボタンの目を隠した。

――この人形も古うなりましたゆえ、うつけの荒い扱いで壊れてしもうてはならぬと思い……。

「それで、脱出を試みていたわけか。だが、そんなことをしたら、余計に布地が傷むぞ。心配するな。少々のほころびなら、俺が繕ってやる。……それより、どうだ？」

　森の問いかけに、小一郎は前足を下ろし、こればかりは以前と変わらない寂《さ》びた声で答えた。

――は。こちらに到着してすぐ、宿の周囲を見回ってまいりましたが、特に怪しきものの気配はいたしませぬ。さりながら……。

「何だ？」

——地形のゆえでござりましょう、山中に、ごく低級な雑霊《ざつれい》どもの溜《た》まりをいくつか発見いたしました。夜になって奴《やつ》らが出てきたところを、狩ってやろうと思うておりまする。

「つまり、お前にとってもいい狩り場があったわけか。よかったな。俺たちが術者の仕事に戻るまでに、お前も頑張って復調してくれ」

——はっ。心得ましてござりまする。

後ろ足をぺたんと投げ出して座った姿で、羊人形は両前足を腹の前に揃《そろ》えてきちんとお辞儀をしようとした。だが、重い頭と短すぎる前足が災いして、そのままぽとりと前のめりに倒れてしまう。森は失笑しつつ、人形をきちんと座り直させてやった。

「しかし懐《なつ》かしいな。人間の姿になれないお前とこうして話していると、敏生が来たばかりの頃のことを思い出すよ」

——……は。

森は、気持ちよさそうに眠っている敏生を見やり、少し悪戯《いたずら》っぽい声音で言った。

「あの頃のお前は、ことあるごとに敏生を目の敵にしていたな。そのお前が、自分の身を顧みず、単身敏生を助けに行くとは……。俺はある意味感無量だ」

——そ……その件に関しましては、お詫《わ》びのいたしようもなく……。まことに申し訳なく思うておりまする。主殿《あるじどの》のご指示も仰がず、勝手な振る舞いをいたし……。

森は、視線を羊人形に移し、口の端《は》に微笑を浮かべた。

「確かに、主人である俺を出し抜いたことは許《ゆる》し難《がた》いな。だが、お前がそうまで敏生と俺のことを思ってくれていたということが……正直、俺は嬉《うれ》しいよ」

——主殿……。

「今のお前は、姿こそ敏生が来る前に戻ったように見えるが、中身はまったくあの頃と違う。……式神《しきがみ》が自分の頭で考え、策を練るようになるなんて、河合さんは教えてくれなかったな」

——まことに……申し訳ござりませぬ！

「謝ることはないさ。基本的には命令遵守《じゅんしゅ》でいてくれないと困るが、俺はお前が今のように成長してくれたことを嬉しく思っているよ。お前を式神にしたのは、共に成長し、共に歩む仲間がほしかったからだ。操り人形を求めてのことじゃない」

羊人形は体のわりに大きな首を傾《かし》げ、真っ黒なボタンの目で探るように主人の端正な顔を見上げる。森は、肌触りのいいタオル地で出来た羊人形の頭を、指先で優しく撫《な》でた。

「お前は、敏生を助けに駆けつけたあのときの自分の行動を、後悔してはいないだろう？」

——自分の力不足を痛感し、お役に立てませなんだことを悔いてはおりまするが……おそれながら、間違ったことをしでかしたとは思うておりませぬ。

森は軽く頷《うなず》いた。

「それでいいんだ。お前は、自分の判断に自信を持っていい。……お前が死んだと思ったとき、そしてお前が生きていると知ったときに敏生が流した涙を、お前は誇っていいんだ」

——主殿《あるじどの》……。

「羊人形の中で、見ていたんだろう？　お前が生きていることに気づく前、俺が不覚にもお前を偲《しの》んで涙を流したことも」

——かえすがえすっ、も、も、も、申し訳……ござりませぬ……っ。

今度こそ、全身をテーブルに投げ出し、腹這《はらば》いになって詫《わ》びる式神《しきがみ》に、森は優しく言った。

「今度のことでわかっただろう。お前がいかに俺たちに必要とされているか。……いいか、小一郎。守るべき者のために自分の身を投げ出すのは、何も式神の専売特許じゃない。俺だって、自分の大切な人たちのために命を懸ける覚悟はある。……だがな、小一郎。体を張ることと命を粗末にすることは違うんだ」

——………。

「自分のために涙を流してくれる人がいるというのは、嬉《うれ》しいことだ。だが、その涙は、愛する者の命がこの世にとどまることを願って流されたものだ。お前を必要としている者たちの涙を見た以上、お前は何があっても生き延びなくてはならない」

――主殿《あるじどの》……。

森の長い指が、羊人形の首をつまんでひょいと持ち上げた。白磁のような顔の前に、人形をぶら下げる。

「敏生はともかく、主の涙は重いぞ、小一郎。少なくとも俺の命ある限り、死ぬことは許さない。……いいな」

口調は穏やかだったが、森の黒曜石の瞳《ひとみ》には、鋭い刃物のような光が煌《きら》めいている。小一郎は、無防備にぶら下げられたままで答えた。

――御意《ぎょい》。……最後の一瞬まで、必ずやお供いたしまする。

「……それでいい。その言葉、忘れるなよ」

森は、テーブルの端に人形を下ろすと、読みかけの本を再び手に取った。小一郎は、ちょこんと座った羊人形の中で、読書を再開した主の姿をじっと見ている。

（……全然、それでいい、じゃないよう）

森の声に目を覚まし、途中から二人の様子を見守っていた敏生は、心の中でそんな不平を口にした。小一郎の声は敏生には聞こえなかったが、森の言葉から、会話の内容は容易に推測できる。

(酷《ひど》いや。天本さんが死ぬまでって、僕が天本さんより長生きしちゃったらどうするのさ。……って、そっか。天本さんが先に死ぬようなことがあれば、僕も連れてくって言ってくれたんだっけ)

森と小一郎、主従二人の穏やかな時間を邪魔するのは気が引けて、敏生は身動きせず、ただ薄目を開けてじっと彼らの様子を見守っていた。

(死んだらどうなっちゃうのかよくわかんないけど……でも、天本さんと一緒ならいいや。小一郎が見送ってくれるなら……素敵《すてき》だって言ったっていいくらいだ)

河合に監禁されていたとき、もしや自分はこのまま殺されるのだろうかと何度も思った。そのときに願ったのは、せめてもう一度、森の顔が見たい……それだけだった。そんな経験をした敏生だからこそ、自分が死ぬときはけっして置いていかない、ひとりにしないと言ってくれた森の言葉が、以前よりずっと嬉《うれ》しく、心強く感じられる。

(小一郎が生きてててくれて、ほんとによかった。天本さんが……あんなに優しい顔してるもの)

体に掛けられた森のジャケットに、敏生はそっと鼻を近づけた。仄《ほの》かに、森のコロンが香る。その香りとジャケットの暖かさが、森の胸に抱きしめられているような安心感を敏生にもたらしてくれた。そのせいか、再び瞼《まぶた》が重くなってくる。

（ふわわ……。小一郎、天本さんとゆっくりお話ししてね……）

こみ上げた欠伸《あくび》をジャケットの内側に隠し、敏生はそっと目を閉じた。安らかな寝息が再び聞こえ始めるまでに、そう長い時間はかからなかった……。

＊　＊

そして、翌日……。

旅館の宿命で、二人は実に健康的な時間に起こされ、朝食の膳《ぜん》についた。

敏生は飛騨名物の朴葉《ほおば》みそが気に入り、朝からおひつを空にしそうな勢いだったが、森はといえば、まだ意識を半分眠りの世界に残してきたような顔で、味噌汁《みそしる》を啜《すす》るのが精一杯の様子だった。何も知らない人間が見れば、森のほうが静養中の病人だと思ったことだろう。

食事の後も、布団《ふとん》は一組だけ、畳んだ状態で部屋の隅に残されていた。何につけても心配りの行き届いた早川が、あらかじめ指示しておいたらしい。

その本来は敏生のために残された布団で、森は昼前まで思う存分惰眠をむさぼった。敏生の世話や事件の事後処理に追われつつ、父親や河合のことでいろいろと心労が重なり、自分で思うよりずっと疲労していたのだろう。そう察した敏生は、森がゆっくり眠れるようにと、小一郎をお供に部屋を出た。そして、温泉街を散歩したり川縁《かわべり》の景色をスケッチしたりして、のんびりした時間を過ごした。

やがて、目を覚ました森から敏生の携帯電話に連絡が入った。二人は橋のたもとで待ち合わせて蕎麦屋《そばや》で昼食を摂《と》り、それからぶらぶらと歩いて宿に戻った。


「……ふう」

宿に戻ってからは、ただ黙々と部屋の窓から見える景色をスケッチしていた敏生が、不意にスケッチブックを閉じた。向かいの椅子《いす》でゆったりと本を読んでいた森は、ページから視線を上げ、腕時計をちらと見た。時刻は、午後二時半過ぎである。

「描《か》けたのかい？」

「んー、まだ半分くらいですけど、ちょっと一休み。肩が凝ってきました」

敏生はそう言って、立ち上がって大きく伸びをした。森も、本を閉じる。

「時間はたくさんあるんだ。のんびりやればいいさ。……茶でも煎《い》れようか」

「あ、それより、足湯に行ってみませんか？」

「足湯？　そういえば、町に出る道すがら、『ビーナスの足湯』とかいう奇妙な施設を見かけたような気がするが、あそこのことか？」

森は渋い顔をした。どうやら、お世辞にも洒落《しゃれ》ているとはいえないネーミングが気に入らなかったらしい。敏生は森の顰《しか》めっ面《つら》を見て、クスクス笑った。

「あそこまでお散歩も悪くないですけど、あの足湯はあんまり景色がよくなさそうだったから……宿の足湯に行きませんか？」

「この宿にそんなものが？」

「ええ。洋館のほうにあるみたいですよ。館内案内図に書いてありました」

「なるほど。道ばたの足湯よりは、そこのほうが気持ちがよさそうだな。血の巡りがよくなれば、肩凝りも治るだろう。行ってみようか」

「はいっ」

敏生は元気よく頷《うなず》き、ちらとテレビの上を見た。そこには、羊人形がちょこんと座っている。人形は、敏生が言葉をかけるより先に、もぞもぞと向きを変え、背中を見せた。どうやら、そんなところに同行して、お邪魔虫を全うする気はないらしい。

「もう、小一郎ってば。べつに人形をお湯に浸《つ》ける気はないけど、ちょっと違う景色でも見たいかなって思ったのに」

——景色など、どうでもよいわ。いちいち俺にかまうな。とっとと行け。主殿《あるじどの》をお待たせするでない。

「ちぇっ。憎まれ口は全然変わらないんだから」

どこか嬉《うれ》しそうにそんな文句を言い、敏生は「ね」と森に笑いかける。森は小さく肩を竦《すく》めただけだったが、わずかに和んだ目元に自分と同じ思いを見て取り、敏生はにっこりした……。

本館と洋館は、回廊で繋《つな》がっている。洋館へ向かう廊下はしんと静まりかえり、ほかの客にはひとりも行き会わなかった。

「あ、あそこですよ、きっと」

赤い絨毯《じゅうたん》が敷き詰められた洋館に入るなり、敏生は前方を指さした。確かに、バルコニーに出る白い扉の前に、「山の足の湯」という宿の名をもじった木製の案内板が掛けられている。

扉を開けると、中庭を見下ろす広いバルコニーに、真ん中に噴水風の温泉吹き出し口を備えた足湯があった。長方形のゆったりした浴槽には浅く湯が張られ、その三辺を木製のベンチがぐるりと囲んでいた。

足湯にも誰も先客はおらず、二人は早速ズボンの裾《すそ》を膝《ひざ》までまくり上げ、ベンチに並んで腰掛けて、湯に足を浸《つ》けてみた。温《ぬる》めの湯が、ちょうどくるぶしあたりまでくる。浴槽の底に敷き詰められた丸い石が、適度に足裏を刺激して気持ちがいい。長いひさしが直射日光を遮り、涼しい風が木立の間を縫うように吹きすぎていく。二人の口からは、はかったように同じタイミングで、深い溜《た》め息《いき》が漏れた。

「……ぷっ。天本さんってば、年寄りみたいな溜《た》め息《いき》ついて」

「それは君もだろうが」

「だって、あんまり気持ちよかったから」

「俺もだよ。だいいち、君よりは俺のほうが年上なんだからな」

「じゃ、年寄りくさいのは僕のほうですね」

二人は顔を見合わせてクスリと笑った。敏生は、晴れ上がった青空を見上げ、大きく深呼吸をする。

「はー。ホントに気持ちいい。のんびりした気持ちになりますね」

「ああ、そうだな。湯が熱すぎないのが何よりもいい。これなら、長く足を浸《つ》けていても、のぼせずにすみそうだ」

「天本さん、手はいつも冷たいけど、足もそうなんですか？」

敏生は小首を傾《かし》げ、そんなことを大真面目《おおまじめ》な顔で問う。森は苦笑いして答えた。

「知るものか。わざわざ自分の足を触って確かめたことなどないよ」

「しもやけになったことはないんですか？　じゃあ、冷え性ってわけじゃないのかな」

「さあな」

森は素っ気なく言って、ジャケットのポケットから文庫本を取り出した。部屋で読んでいたものと違って、短い随筆を集めた薄い本だ。軽い読み物で、頭を休めようと思ったのである。

だが、敏生はそれを見るなりキリリと優しい眉《まゆ》を吊《つ》り上《あ》げた。

「あー！　僕がいるのに、そんなことして！」

「……いけないか？」

「いけないですよ。せっかく二人でいるのに、本なんか読まなくていいじゃないですか」

敏生は丸みの戻ってきた頰《ほお》を気前よく膨らませ、心底不満げな顔をする。森はいかにも渋々、出したばかりの本を開くことなくポケットにしまいこんだ。さっきとは性質の違う小さな溜《た》め息《いき》を吐き出し、敏生に問いかけた。

「だったら、何をすればいいんだ？」

敏生はふっくらした唇を小一郎ばりにへの字に曲げ、恨めしげな上目遣いをした。

「何もしなくてもいいんです。こうして座って、お喋《しゃべ》りして……ううん、黙っててもいいから、ただこんなふうにしていたいです。だって……」

敏生は、その小さな頭を森の肩にもたせかけ、独り言めいた口調で言った。

「だって、離れ離れになるたびに、こうして一緒にいられるだけで幸せなんだってわかるから」

「敏生……」

「天本さんが照れ屋なのは知ってますけど、誰もいないときくらいは、くっついてたって

いいでしょう？」

答えの代わりに、森の手が敏生の肩を抱く。森の手のひらは冷たいのに、不思議と確かな温《ぬく》もりが伝わってきた。敏生は幸せな気持ちで、森のシャツに頰《ほお》を押し当てた。

二人ともが口を噤《つぐ》むと、聞こえてくるのは風に揺れる枝々のざわめきばかりである。

「静かですね」

「君が喋《しゃべ》らないからだ」

そんな答えに、敏生は笑って森の肩から顔を上げた。

「たまには、天本さんがいっぱい喋ってくれたっていいのに」

敏生は体を軽く屈《かが》め、湯に浸《つ》けたままの自分の足を見た。温もりすぎた気はしないが、水面から下の肌は、ほんのり赤らんでいた。

「天本さんの足もちょっと赤くなってる。……天本さんの足、大きいなあ。靴のサイズ、何センチですか？」

敏生は感心しきりの顔つきで、自分の足を森の足に寄せた。森も、前屈みになってお互いの足を見比べた。森の足に比べて、敏生のそれは一回り小さい。

「俺は二十八センチだが、君は？」

「うわ、大きいなあ。僕なんか、二十四・五センチしかないのに」

「身長の差がそのまま出ているだけだろう」

「うー。でもいいなあ、大きい足って、それだけで男っぽい感じがするじゃないですか。僕なんか、女物の靴だって履けちゃうんですよ。……試したことはないけど、きっと女物の服だって着られちゃうんだろうし。同じ男なのに、そういうのって何か悔しいなあ」

「そ……、それは……っ」

「あー！　笑いましたね！」

その言葉に、森は小さく吹き出してしまった。敏生は子供のような膨《ふく》れっ面《つら》で、バシャンと小さな水しぶきを上げ、自分の足で森の足を踏んづける。

「おい、よせよ。笑ったのは悪かったが、それというのも君が唐突にそんなことを……」

森はまだ笑いの発作を抑えられないまま、敏生を宥《なだ》めようとした。

……と。

カチャリ。

目の前の扉が開く音に、森も敏生もハッと体を離す。扉にはガラスが嵌《は》め込《こ》まれているので、今さら体裁を取り繕っても無意味なのだが、だからといって開き直るほど、二人とも鉄面皮《てつめんぴ》ではない。

森が何ともいえない微妙な表情で横を向いてしまったので、敏生は気まずいながらも視線を上げ、乱入者をおそるおそる見た。次の瞬間、敏生の口からは、驚きの叫びがあがった。

「あっ！」

「………？」

その声にギョッとして、森も敏生の凝視しているほうを見……そして、鋭い目を見張った。

「あんたは……」

そこにいたのは、長身の青年だった。扉を背に腕組みして立ち、傲然《ごうぜん》と二人を見下ろしているその人物は、二人にはすっかり馴染《なじ》みになりつつある男……妖魔《ようま》の術者、辰巳司野《たつみしの》だったのである……。

二章　まほろばの夢

「……何をしている」

それが、辰巳司野《たつみしの》の第一声だった。敏生《としき》は、どぎまぎしつつも立ち上がり、湯に足を浸《つ》けたままで司野に深々と頭を下げた。

「あ、あのっ。こんにちは。お久しぶりです。……えと……あの、僕たち、早川《はやかわ》さんに旅行をプレゼントしてもらって、昨日からここにいるんですけど……」

ね、天本《あまもと》さん……と困り果てた口調で水を向けられ、森《しん》も仕方なく挨拶《あいさつ》の言葉と先日の礼を述べるべく、腰を浮かせようとする。だがそれより早く、司野が口を開いた。

「そんなことは容易に知れる。俺が訊《き》きたいのは、お前たちが今やっている行為のことだ」

森と敏生は顔を見合わせた。今度は森が、簡潔に答える。

「……足湯だが」

司野は、少し苛《いら》ついた様子で問いを重ねた。

「……それもわかっている。俺は、いったい何のために、お前たちは足だけを湯に浸《つ》けているのかと訊《き》いているんだ」

「……ああ」

森はようやく得心がいった顔つきで頷《うなず》いた。

早川を介して知り合ったこの司野という男、見かけこそ人間だが、その正体は千年の時を生き延びてきた妖魔《ようま》である。平安《へいあん》時代、辰巳辰冬《ときふゆ》という陰陽師《おんみようじ》の式神《しきがみ》であった司野は、主《あるじ》亡《な》き後、何故《なぜ》か消されることも解放されることもなく、人間の姿に封じられたまま生き続けてきた。

いったいどんな手段を用いたものか、現在の司野は戸籍まで取得し、人間社会に完全に溶け込んで生活している。表向きの稼業《かぎよう》は骨董屋《こつとうや》だが、時折、早川から個人的な依頼を受けるフリーの術者でもある。

そして……小一郎《こいちろう》のような年若い妖魔ならまだしも、司野ほどの長い年月を経た妖魔にとってさえ、人間というものは理解しがたく、興味の尽きない存在であるらしい。

(そして……頭に浮かんだ疑問を即座に、そして執拗《しつよう》に解明しようとするところも、小一郎と同じだ。妖魔というのは皆、知的好奇心が旺盛《おうせい》な生き物なのかもしれないな)

そんなことを思いながら、森は口を開いた。

「温泉の効能も知らずに、この宿に来たのか？」

司野は不機嫌な顔で吐き捨てた。

「べつに、俺は温泉を楽しむためにここに来たのではない。……だいいち、全身を湯に浸すならば、体を温めるだの温泉の薬効成分を皮膚から吸収するだのと理屈が通るが、足だけを浸《つ》けていても効率が悪いだけではないのか？」

「なるほど。……こういう説明は不得意なんだが、仕方がない。俺のわかる範囲で答えよう。全身浴は、急激に体温が上昇するせいで、時に人体に大きな負担となる。体力の衰えた人間ならば、なおさらだ。その点、足湯は刺激が少ない。温められた血液が、足から全身へゆっくり巡るからな。……皮膚から薬効成分吸収云々《うんぬん》は俺にはわからないが、そもそも人間の皮膚は、水分をはじくように出来ているんだ。植物の根が水を吸い上げるようにスムーズにはいかないだろう」

森の説明を聞いた司野は、小さく肩を竦《すく》め、「ふむ」と言うなり靴と靴下を脱ぎ捨てた。自分もズボンの裾《すそ》をたくし上げて無造作に湯に入り、森と敏生が座っている隣のベンチにどっかと腰を下ろす。

「妖魔《ようま》の体には血など通っていないが、お前の説明を聞く限りでは、俺の身にも害をなすものではなさそうだ」

森は少し考えてから頷《うなず》く。

「だろうな。体を温めるという本来の効果はなくても、温泉の湯には、水道水とは比較にならないほど強い水の『気』がある。相性がよければ、害にはなるまい。それより……」

小さく咳払《せきばら》いしてから、森は司野に頭を下げた。

「掛け軸の件では、本当に世話になった。あんたのおかげで、依頼人に迷惑をかけずにすんだ。……あの掛け軸は、知り合いの寺に奉納することになったらしい」

司野はつまらなさそうに鼻を鳴らした。

「そんなことはどうでもいい。言葉だけの礼もいらん。それより……」

じろりと鋭い目で睨《にら》まれ、敏生は思わず姿勢を正した。

「わかってますっ。僕、ちゃんと憑坐《よりまし》やりますから。その、天本さんと僕と二人分、頑張ってやります」

その真摯《しんし》な言葉に、司野はぴしゃりと言い返した。

「それは、本復してから言え。衰弱した憑坐など、何の役にも立たん。半精霊《はんせいれい》の肉体の虚弱さを認識して、十分に身をいとえ」

相変わらず口調は刺々《とげとげ》しいが、虚飾や愛想《あいそ》がないぶん、司野の言葉は彼の偽らざる本心を相手に伝える。敏生はしみじみとありがたい気持ちで、もう一度頭を下げた。

「ありがとうございます。……あの……それより、司野さんは、どうしてここに？　温泉を楽しむために来たんじゃないって、今……」

「商談だ」

司野はあっさりと言った。敏生は不思議そうに首を傾《かし》げる。

「商談……ってことは、骨董屋《こっとうや》のお仕事ですよね。骨董品を売りに来たんですか？」

「仕入れだ。先週、早川が俺の店に来て、何か今回の件で礼がしたいというから、この宿を取れと言った。あいつのことだ、術者が一括管理できて便利だと踏んで、お前たちをもここに送り込んだんだろう。人間は温泉で静養すると相場が決まっているようだしな」

「……やはり裏があったか」

「ですね。早川さんらしいや。でも、素敵《すてき》な宿だからよかったじゃないですか。早川さんだけじゃなくて、司野さんにも感謝しなきゃですね」

敏生は持ち前の楽天的な笑顔でそう言った。森は曖昧《あいまい》に頷《うなず》き、司野に問いかけた。

「飛驒高山《ひだたかやま》といえば、確かに古い道具が多く遺《のこ》っているだろうな。だが、憑《つ》き物落《ものお》としをしていれば、わざわざこんなところまで仕入れに赴かなくても、品物は勝手に集まってくるだろうに」

司野は腕組みして無愛想に答えた。

「確かに、普段は仕入れなど必要ない。……だが……今回は、この宿に気になる品があった。それを自分の目で確認しに来たんだ」

「気になる品？」

「ああ」

小さく頷《うなず》き、それきり司野は口を閉ざした。森も、敢《あ》えてそれ以上問いを重ねようとはせず、薄い唇を引き結ぶ。

(う……この配置はちょっと嫌かも)

敏生は、自分の両側に座する森と司野を見比べ、心の中でぼやいた。

司野も森も、身長は百八十センチを優に超えており、細身ではあるがバランスよく筋肉がついた、貧弱という言葉からはほど遠い体つきをしている。

(こんなふうに、両側でびしっと背中伸ばして、腕組みして座ってられたら、真ん中の僕が余計に情けなく見えるじゃないか……)

つい、さっきまでの森との会話を思い出し、敏生は小さく嘆息した。

幼い頃は、母親から「お前は成長がほかの子供より遅いから」とよく言い聞かされていたので、自分がほかの子供たちより小柄なことをそれほど気に病まなかった。いつかは大きくなれると思い込んでいたからだ。

(でも、高校出てから、身長一センチだって伸びてないもんな。体だって、痩《や》せっぽちのままだし。顔だって女の子みたいだし……)

べつに、龍村《たつむら》ほどの偉丈夫《いじょうぶ》になりたいなどという大それた望みはないが、あと十センチ、いやせめてあと五センチは背丈がほしいと願わずにはいられない敏生なのである。

「うー」

思わず、居心地の悪そうな声を漏らしてしまった敏生の顔を、森は怪訝《けげん》そうに覗《のぞ》き込《こ》んだ。

「どうした？　足だけだといっても、温泉なんだ。欲張らずに、温まりすぎたら足を上げろよ。それとも、寒いのか？　だったらもう中へ……」

「あ、ち、違います。大丈夫です」

敏生は大慌てでブンブンと首を横に振り、無理やり話を司野に向けた。

「あのっ。いったいどんな品物を見に来たんですか？　そ、その、もし訊《き》いてよかったら、ですけど」

敏生の胸中を知っているのかいないのか、司野は感情が読めない能面のような無表情で言った。

「本館の廊下のあちこちに、ガラスケースが設置されているのを見たか？」

敏生はまた森と視線を交わしてから頷《うなず》く。

「ええ。古いお宿だけあって、いろんな品物をケースに入れて展示してますよね。天皇陛下がお泊まりになったとき使われた食器とか、あと何か不思議っぽい民具みたいなのとか。あ、もしかしてその中に、司野さんがほしいと思う品物があるんですか？　それって……何か……えと、もしかして何かが憑《つ》いてる、とか？」

敏生は躊躇《ためら》いがちに問いかけた。森も、無言のまま、胡散臭《うさんくさ》げに司野を見る。

「そんなことは問題ではない。……そうか。そうだな」

司野は、しばらくじっと考え込んでいたと思うと、顔を上げ、ニヤリと笑って森を見た。さすがの森も、あからさまに何かを企《たくら》んでいる様子の司野に、警戒の色を帯びた声で訊《たず》ねた。

「何だ」

司野の唇に、底意地の悪い笑みが浮かぶ。

「精霊《せいれい》の小わっぱが憑坐《よりまし》として役に立つようになる前に、お前自身に借りを返してもらう用事ができた」

「……何だって?」

森は驚いて片眉《かたまゆ》を跳ね上げる。敏生も大きな目をまん丸くした。

「ええっ? あ、天本さんを憑坐にしちゃうんですか?」

「たわけ。そいつは、術者としては筋が悪くないが、憑坐の才能は皆無だ。だが……少なくとも、人付き合いに関しては、俺と小わっぱより長《た》けているだろう」

「人付き合い? 俺に誰と付き合えというんだ、あんたは」

司野は、すっくと立ち上がった。バシャバシャと水を跳ね散らかして、湯から出る。備え付けのタオルで足を拭《ぬぐ》いながら、司野は唖然《あぜん》としている森と敏生に向かって、高飛車に言った。

「いつまで水遊びに興じているつもりだ。とっとと湯から上がって……そうだな。十分後に本館二階のエレベーターホールに来い。……ああ、小わっぱはどうでもいいが、天本。お前は正装でな」

森は、自分の体に目をやった。タートルネックのセーターにチノパンというラフな服装では、どうやら司野の求める「人付き合い」にふさわしくないらしい。森は事情が呑《の》み込《こ》めないながらも腰を上げた。

「正装といっても、スーツしかないが」

「それでかまわん。十分後だ。遅れるなよ」

そう言い捨て、司野は扉の向こうへさっさと消えてしまった。敏生は、パチャパチャと湯を跳ねながら、不思議そうに森の顔を見上げた。

「どうしたんだろ、司野さん。手に入れたいって品物がどれか、見せてくれるのかな」

「どうも、そうらしいな」

「嬉《うれ》しいな。司野さんがわざわざ手に入れたい品物ってどんなのか、ちょっと興味あったんですよね、僕。でも、天本さんに正装してこいって……人付き合いって……何でしょうね」

「さあな」

森はタオルを取り、敏生に放《ほう》ってよこした。

「とにかく、時間厳守で行かないとうるさいぞ。俺は着替えがあるから、先に戻る。君はゆっくり来い」

「ゆっくりっていったって十分しかないじゃないですか。僕も行きますよう、待ってくださいってば！」

靴を履いて足早に部屋に向かう森を、敏生も慌ててバスケットシューズを引っかけ、追いかけたのだった。


十分後。

森と敏生がエレベーターホールへ行くと、司野はすでに来ていた。司野自身も、ノーネクタイながらも、スタンドカラーのシャツとジャケット姿に着替えている。

森は、大急ぎで締めてきたネクタイを直しながら、司野に声をかけた。

「これでいいか？　不満だと言われても、代替物はないんだが」

「許容範囲内だ」

森の姿を頭のてっぺんからつま先までジロジロとチェックしてから、司野はぶっきらぼうにそう言った。そして、今度は「ついてこい」と言うことすら省略して、大浴場へと続く長い廊下を歩き出した。

仕方なく、森と敏生もその後に続く。廊下の途中に、おそらくは風呂《ふろ》から部屋に戻る客たちのためのささやかな休憩スペースが設けられていた。飲み物やアイスクリームの自動販売機とベンチ、それに大きなガラスケースが一つ置かれている。

司野はそのガラスケースの前で足を止めた。森と敏生も、ケースの中を覗《のぞ》き込《こ》む。そこに飾られているのは、古そうな小鼓《こつづみ》二つと、四本の横笛だった。

小鼓のほうは、どちらも胴に美しい蒔絵《まきえ》が施され、いかにも由緒《ゆいしょ》正しき品物のように見える。だが笛は、長さや太さは違えど、どれも煤《すす》けた黒っぽい竹で出来ていて、お世辞にも美しいとは言えない外見だった。小鼓のほうには、どこの屋敷の所蔵物でどの時代に作られたかといった詳細な説明書きが添えられているが、笛には何も添え書きがない。いかにも、スペースが余ったので楽器繋《つな》がりで並べておいた……という趣である。

敏生は小鼓の胴に描かれた美しい蒔絵を惚《ほ》れ惚《ぼ》れと眺めてから、ガラス越しにそれを指さして言った。

「司野さんのほしいものって、この鼓でしょう？　どっちも凄《すご》く綺麗《きれい》ですね。こっちが松で、こっちが紅葉《もみじ》の絵……。いいなあ。お能の舞台とかで使われたんだろうな」

だが司野は、敏生の言葉を即座に否定した。

「違う。俺が手に入れたいのは、笛のほうだ」

「ええ？」

敏生は驚いて司野の顔を見た。

「ど、どれですか？」

「これだ」

司野は、四本ある横笛のいちばん手前の一本を指し示した。敏生はそれをしげしげと見て、首を捻《ひね》った。傍《かたわ》らで笛を見下ろす司野の京雛人形《きょうひなにんぎょう》のような涼しげな顔には、苛立《いらだ》ちと懐《なつ》かしさが混ざり合ったような奇妙な表情が浮かんでいる。

ほかの三本より少し長いその笛は、酷《ひど》く薄汚れて見えた。竹の地肌はあちこち毛羽立ち、全体的に埃《ほこり》を被《かぶ》って、見る影もない。吹口の周囲や筒の内部に塗られた漆の朱色も、心なしか色褪《いろあ》せてしまっている。あちこちに巻き付けられた紐状《ひもじょう》のものも、一部でほどけかかっていた。

「こんなボロボロの笛……あいたっ」

思わず正直なコメントを口にしかけた敏生の頭を軽く小突き、森は司野に問いかけた。

「これは、高麗笛《こまぶえ》……いや、龍笛《りゅうてき》か？」

司野は頷《うなず》いた。

「ああ、龍笛だ。この宿が紹介されている記事を、雑誌で見た。その中に、偶然この休憩スペースの……ガラスケースの中身がはっきり写った写真があったんだ。……むろん、写したかったのは見栄《みば》えのいい小鼓《こつづみ》のほうなんだろうが、その隣に並べられた笛を見たとき、ハッとした。……自分の勘に狂いがないかどうかをこの目で確かめるため、俺は昨日、ここに来た」

「あんたも昨日からここにいたのか。……で？　この笛は実際、あんたの求めていたものだったのか？」

司野は瞬《まばた》きで頷《うなず》いた。森は少し躊躇《ためら》ったが、司野が質問されることを不快に思っていない様子なので、再び口を開いた。

「俺は、この手の楽器に関しては門外漢だ。この笛のどこに、あんたが写真を見ただけでハッとするほどの特徴や価値があるのか、さっぱりわからない。……相当に古いものらしいことだけは、見ればわかるが」

「よく見てみろ。手前の龍笛《りゅうてき》には、ほかの三本の笛とは違う細工がある」

「細工……ですか？」

敏生はガラスケースに鼻先を押しつけんばかりに近づける。森も、その背後から四本の笛をよく見比べた。

「……ああ……」

「あ！」

やがて、二人の口から同時に小さな声があがる。敏生は、二人分の言葉を代弁して言った。

「これ……吹口のすぐ脇《わき》に、ちっちゃな星の模様がありますね。……子供の悪戯書《いたずらが》きみたい」

それは、ほんの小指の爪《つめ》ほどの、小さな赤い星のマークだった。それが、息を吹き込む吹口の脇《わき》の紐状《ひもじょう》のものを巻き付け、黒い漆を塗った箇所に、無造作に描かれているのだ。装飾というにはあまりにもささやかで稚拙なものだったが、森は得心がいった様子で、司野に鋭い視線を向けた。

「五芒星《ごぼうせい》、か。陰陽師《おんみょうじ》の持ち物だな」

司野は腕組みして頷《うなず》いた。

「ああ。……我が主《あるじ》、辰冬の愛用していた品だ」

森はそれを聞いて目を剝《む》いた。敏生も、とうとうケースに両手をついて、できるだけ近くで笛を見ようとする。

「じ、じゃあ、これって……平安時代の笛なんですか⁉」

「ああ」

「馬鹿《ばか》な。……千年前の笛が、これほどいい状態で遺《のこ》っている可能性など……」

「陰陽師の愛用の笛だということを忘れるな。持ち主の強い念が込められていれば、器物はより長い時を生きることができる」

「……なるほどな」

森は、背筋をまっすぐ伸ばし、体ごと司野のほうを向いた。

「では、この笛が、まさしくあんたの求めていた笛というわけか」

司野は深く頷《うなず》いた。

「俺は……わけあって、千年の時のほとんどを、壺《つぼ》の中に封じられて過ごしてきた。いつか外の世界に出られたら、主《あるじ》が常にそば近く置いていた気に入りの品を、何か一つくらいは捜したいと思っていたんだ」

「じゃあ、この笛に再会できて、凄《すご》く嬉《うれ》しかったでしょう。よかったですね!」

自分まで声を弾ませる敏生に、司野は素っ気なく肩を竦《すく》めた。

「嬉しいというより……そうだな。これが宿命というものかと思った。だから昨日、宿に到着してこの目で主の笛を見たとき、即座に買い取ることを決めた」

「読めてきたぞ」

急いで着込んできたせいで、据わりが悪いのだろう。森はワイシャツの襟元を指先で癇《かん》性《しょう》に直しながら、眉間《みけん》に浅い縦皺《たてじわ》を寄せた。司野は、口角を吊《つ》り上《あ》げて意地の悪い笑みを浮かべ、ガラスケースを指先でコツコツと叩《たた》いた。

「昨夜《ゆうべ》のうちに約束を取りつけて、今日の午後四時、宿の主と商談の席を持つことになった。俺の代わりに、天本、お前が話をまとめろ」

「……やはりそうきたか」

森は片手で額を押さえて嘆息した。敏生は、不思議そうに司野に訊《たず》ねた。

「どうして、天本さんに商談を？　だって司野さん、骨董屋《こっとうや》さんなんでしょう？　品物を見る目はもちろん、買い取る交渉だって、司野さんのほうが上手なんじゃ……」

途端に、司野の顔が不機嫌に歪《ゆが》む。司野は、そっぽを向いて吐き捨てた。

「俺の店にある品は、すべて付喪神《つくもがみ》に手を焼いた持ち主が、頼むから引き取ってくれと頭を下げて持ち込んできたものばかりだ。……その……つまるところ……」

(あ……もしかして)

頭をよぎった考えに、敏生はハッとした。その考えが正しいことを、司野の言葉が証明してくれる。

「俺はこれまで、誰に対しても下手に出たことがない。……まして、人間に頼み事をしたことなど、未《いま》だかつてないのだ。我が主《あるじ》は、そのようなすべを俺に教えなかった。つまり……あ、有り体《あてい》に言えば、頼み方というものがわからんのだ。天本、お前に対する貸しはこれですませてやる。俺に代わって、首尾よく交渉を成立させるがいい」

森は、うっかりこみ上げた笑いを片手で口元を覆って誤魔化《ごまか》しつつ、頷《うなず》いた。

「な……なるほど。確かにあんたは、『頼む』と言えない性格のようだ。借りを返せ、ときたか。上手《うま》い具合に俺が借りを作っていてよかったな。でなければ、誰よりも先に、この俺に商談をまとめてくれと頼まなくてはならないところだったわけだ」

「……黙れ。お前に頼むくらいなら、俺が自分で何とかする」

司野はだだっ子のような顰《しか》めっ面《つら》で、ますます横を向いてしまう。

「もう、天本さんってば。意地悪しないで引き受けてあげてくださいよう」

敏生は囁《ささや》き声《ごえ》でそう言い、森のスーツの袖《そで》を軽く引いた。森は笑って頷《うなず》き、わざとらしい咳払《せきばら》いをしてから言った。

「いいだろう。こんなことで役に立てるなら、お安いご用だ。あんたの代理人として、何とか商談を成立させられるよう努力しよう。交渉の条件は？」

司野は決まり悪そうな顔のまま、それでも森のほうに向き直ってぶっきらぼうに言った。

「ない。金額は、言い値でいい」

「豪気だな。……まあいい。そのあたりは、相手の出方を見ながら考えるさ。こうも適当に展示しているからには、今の持ち主も、笛についてはさほど詳しくないんだろう。あまり最初から気前のいいことを言えば、よほど価値ある品だと相手に勘違いさせるおそれがある。……それとも、本当にこれは価値ある笛なのか？　その、個人的な事情にかかわらず、純粋に美術品としてという意味だが」

森はあれこれと考えを巡らせながら問いを発したが、司野は素っ気なく答えた。

「美術的価値などない。我が主《あるじ》は、さほど裕福ではなかったからな。これも、龍笛《りゅうてき》にしてはそう高価なものではなかった。……古いだけあって、資料的価値はあるかもしれんが……それだけのことだ」

「そうか。まあ、平安時代の作だということは、敢《あ》えて口にしないほうがいいな。では、これに目をつけた理由はどうする？」

「偶然見かけて気に入ったと言え。星の模様が気に入ったでも、雅楽をやっているでも、理由は適当にでっちあげればいい」

何とも投げやりな指示だったが、森は、「わかった」と言った。そして、腕時計をちらと見た。

「もうすぐ約束の時間だな。商談の場所は？」

「まずは、ここで会うことにした。現物を見てから、俺の部屋に移動して実際に商談を始めることになるだろう。天本、お前は俺の店の従業員ということにしろ。役職は、買い付け担当だ」

「了解した。……敏生」

「はいっ」

二人のやりとりをおとなしく聞いていた敏生は、急に森に呼びかけられ、自分はどんな役割を言いつかるのかと、緊張して気を付けの姿勢になってしまう。だが森は、敏生の頭をポンと叩《たた》き、こう言った。

「そういうわけだ。君は、部屋に戻っていろ」

「ええ？　僕は一緒にいちゃ駄目なんですか？」

　予想どおりの不満げな反応を示す敏生に、森は諭すような口調で言った。

「どう見ても、君は骨董屋《こっとうや》のスタッフに見えないだろう」

「う……それは、そうですけど」

「司野にとっては、亡《な》きご主人の遺愛の品だ。そして、俺にとってこれは、司野の恩に報いる大切な機会なんだ。是非とも上手《うま》くまとめたい。わかるな？」

「うー……」

「それに、そろそろ君も休憩が必要な頃だろう。部屋に帰って、夕飯まで休め」

「……わかりました」

　いかにも不承不承ではあるが、敏生はこっくりと頷《うなず》いた。敏生とて、大切な商談の邪魔をしたいわけではないのである。

「じゃ、終わったら戻ってきて結果を聞かせてくださいね、天本さん。……笛、無事にゲットできるように祈ってます」

　後半は、司野に向けられた言葉である。司野は、顎《あご》をしゃくっただけで何も言わなかった。ふと見れば、廊下の向こうからこちらに向かって歩いてくる男性の人影がある。

「あ……もしかしたらあの人かな。じゃ、僕、戻ります」

「ああ。どこかへ行くなら、小一郎を連れていけよ」

「はいっ。じゃあ、お二人とも頑張ってください」

敏生は、ぺこりと頭を下げると、そのままパタパタと廊下を歩き去った。森は、その背中を見送り、近づいてくる宿の主人らしき男の姿を見ながら言った。

「正直言って、俺は人間の中でも人付き合いの下手な部類に属すると思うんだが。まあ、精一杯やるさ。少なくとも、他人に頭を下げて頼み事をした経験はあるからな」

「ふん。……人間どもの回りくどくて欺瞞《ぎまん》に満ちた交渉術は、妖魔《ようま》の俺には理解できん。だが、後学のために、一応、お前の交渉の手順を見物することにする」

「そうしろ。妖魔といえども、あんたは人間に紛れて生きているんだからな。命令形以外の喋《しゃべ》り方《かた》もできたほうが、何かと便利なはずだ。……来たぞ」

いよいよ近づいてきたスーツ姿の中年男性を見るともなく見ながら、森は一つ深呼吸し、ジャケットの裾《すそ》を引っ張った……。

＊　　＊

部屋に戻ると、敏生はゴロリと布団《ふとん》に寝転がった。

「ふあーあ……」

大の字になるなり、欠伸《あくび》が出た。のんびり過ごしているといっても、朝からずっと動き回っていたので、予想以上に疲れていたらしい。寝そべると、全身が重怠《おもだる》く感じられた。

ぽとん！　……ずる、ずる、ぱたん、ぱふん。

そんな間の抜けた音を立てて、ローテーブルに置かれていた羊人形が敏生の枕元《まくらもと》まで這《は》ってくる。敏生は寝返りを打って俯《うつぶ》せになり、硬い枕に顎《あご》をのせた。

「ただいま、小一郎」

――うむ。長い外出だったな。主殿《あるじどの》は如何《いかが》なされたのだ。

敷《し》き布団《ぶとん》の縁《へり》に前足を掛けて、小一郎の宿った羊人形は、敏生の顔を見上げる。敏生は、あれ、と意外そうな顔つきをした。

「小一郎、ずっとここにいたの？　人形から抜け出して、僕らのことどこかで見てるのかと思ってた」

羊人形は畳の上にどてっと寝転がる。敏生の頭には、小一郎の横柄《おうへい》な声が響いた。

――実は昨夜、雑霊《ざつれい》を少々喰《く》い過《す》ぎてな。

「た……食べ過ぎ……？」

――うむ。喰った雑霊の「気」を取り込むには、妖力《ようりょく》を使うのだ。早《はよ》う回復せねばと焦《あせ》るあまり、つい……な。

敏生はぷっと吹き出した。

「あははは。それって、食べ過ぎて動けなくなっちゃったってことだよね。僕のこと馬《ば》鹿《か》にできないじゃん、小一郎」

――やかましい。……それより、主殿《あるじどの》は如何《いかが》なされたのだ。何故《なにゆえ》、お前とともにお戻りにならなんだ。

敏生は、羊人形を畳の上にちゃんと座り直させてやりながら答えた。

「あのね、足湯に行ったんだ。そうしたら、そこで司野さんに会ったんだよ。この宿を早川さんに教えたの、司野さんだったんだって」

――司野？

「ほら、前に話したでしょう。天本さんと小一郎が異界に行っちゃったとき、僕にアドバイスをくれた妖魔《ようま》の骨董屋《こっとうや》さん」

――ああ……。お前の言葉によれば、千年生きているとかいう……。

「うん。千年前に、陰陽師《おんみょうじ》の式神《しきがみ》になったんだって。だけど、ご主人様は、司野さんを人間の姿に封じたままで亡《な》くなっちゃって、それでずっと人間の姿で生きてるんだよ。あ、さっき会ったとき、千年間、ほとんど壺《つぼ》の中に閉じ込められて暮らしてきたとか言ってたっけ。とにかく、いろいろ大変な目に遭ってきたらしい妖魔の人だよ」

――そ……そいつと主殿がご一緒なのか。

敏生は、もぞもぞと枕《まくら》の上で顎《あご》を動かして頷《うなず》いた。

「うん。この旅館の陳列ケースの中に、司野さんのご主人が愛用してた龍笛《りゅうてき》があったんだって。それで、それを買い取るために、今、宿のご主人と交渉中なんだ。司野さんの代わりに、天本さんがね」

——主殿《あるじどの》が？　何故《なにゆえ》その司野とやらは、自分で交渉せぬのだ。

敏生はクスッと笑って、羊人形の頭を、指先でちょいとつついた。

「あのさ、千年生きてても、司野さんは妖魔《ようま》だから、人間にものを頼むことができないんだって。そういえば、司野さんって喋《しゃべ》るとき、ああしろこうしろって、いつも命令形なんだ。『お願い』って言えないのって、時々不便なんだね」

——何を笑《わろ》うておるのだ、お前は。

「だって、そういえば小一郎もそうだなあって。あ、でも小一郎は、僕にはいつだって命令形だけど、天本さんにはお願いできるものね。凄《すご》いじゃないか、小一郎。そういうところは、千年生きてる司野さんより凄いかもよ」

——だ、黙れ。しかし何故、主殿はそのような奴《やつ》のために……。

敏生は、急にしんみりした顔になった。

「ほら、先月いろいろあったとき……なくなった掛け軸の行方を捜してくれたのは、司野さんだったんだ。だから天本さん、借りを返すって。きっと今頃、一生懸命司野さんの代わりに話をしてると思う」

沈んだ表情でそう言う敏生に、小一郎の声も少しトーンダウンする。

——……そうか。

「僕は、商談の席に交ざったって場違いなだけだから、先に戻ってきたんだ。……あ、そうだ、小一郎！」

敏生は両手を枕《まくら》につき、急にがばっと顔を上げた。羊人形に入ったままの式神《しきがみ》は、驚いて後ろにひっくり返りそうになる。

——な、何だ。

敏生は、さっきないたカラスが何とやらで、瞳《ひとみ》を輝かせてこんなことを言った。

「せっかく司野さんが同じ宿にいるんだから、小一郎も司野さんに会ってみればいいじゃないか。式神の大先輩なんだから、いいアドバイスとか経験談とか聞けるかもよ」

——ば、馬鹿《ばか》を申すなッ。

その言葉を聞くなり、羊人形はいきなり床の間まで這《は》って逃げた。敏生はびっくりして鳶色《とびいろ》の目をまん丸にする。

「な……どうしたのさ、小一郎。式神同士って友達になったりしないもの？　べつに友達までいかなくても、知り合いの式神のひとりくらいいたっていいと思うんだけどなあ」

——お、お前は俺を殺す気か！

小一郎の必死の声に、敏生はますます不思議そうに首を傾《かし》げる。

「はあ？　何で司野さんに引き合わせるのが、小一郎を殺すことになっちゃうわけ？　あ……ま、まさか」

——そやつも妖魔《ようま》であろうが。妖魔というものは、出会えば瞬時に互いの力を量り合うものだ。ましてその司野とかいう奴《やつ》は、すでに主《あるじ》の亡《な》い式《しき》であろう。……おそらく、他人の式を屠《ほふ》って喰《く》らうことも、自在なはずだ。

「そ、そんな！　いくら司野さんだって、小一郎のこと、いきなり食べたりしないよう」

——お前の戯言《ざれごと》など、あてになるものか。普段の俺ならいざ知らず、今は人間の姿になることすらままならぬのだぞ。

「あ、いや、僕だってそれほど司野さんのこと知ってるわけじゃないけど……でも、きっと天本さんが守ってくれるって！　ね？」

羊人形は、柔らかな前足で畳をバタバタと叩《たた》き、憤慨の意を示した。

——この大うつけめが。かような不本意な姿でそ奴《やつ》に会えば、つまらぬ式しか持てぬ人間だと、主殿が軽視されてしまいかねぬであろうが！　俺は会わぬ。もとの状態に戻れるまでは、断じてその司野とやらには会わぬぞ！

「うー……。そっか、式神の世界もややこしいなあ。でも、いいや。小一郎が嫌なら、僕だって無理やり紹介したりしないよ。心配しないで」

そう言って、敏生は再びポスンと枕《まくら》に頭を預けた。

——おい、うつけ。如何《いかが》した。気分でもすぐれぬのか。

らしくない敏生の諦《あきら》めのよさに、小一郎はかえって不安になったのか、再び四本の足で畳の上を移動して布団《ふとん》のそばまでやってくる。敏生は、にっこり笑って手を伸ばし、羊人形の丸い頭をちょいと撫《な》でた。

「ちょっとくたびれてるけど、具合は悪くないよ」

——ならば何故《なにゆえ》、そのようにあっさりと諦めてしまうのだ。根気強さがお前の持ち味だというのに。

「だってさ。そんなことはないと思うけど、もし司野さんが小一郎のことむしゃむしゃ食べちゃったら困るじゃないか。何度も言ってるけど……小一郎が生きててくれて、僕はホントに嬉《うれ》しいから。もう、二度といなくならないでほしいもん」

——うつけ……。

「……あんまりこんなこと言うと、小一郎、照れ屋さんだから困っちゃうよね。ごめん」

本当に幸せそうに笑うと、敏生はゴソゴソと布団の中に潜り込んだ。

「天本さん、きっとまだしばらく戻ってこないから……ちょっとだけ寝るよ。小一郎も一緒に寝る?」

——阿呆《あほう》。主殿《あるじどの》が奮闘なされているときに、我等《われら》が二人して惰眠をむさぼって如何《いかが》するのだ。

「だって小一郎、食べ過ぎで動けないんでしょ? 妖魔《ようま》も人間と一緒で、ごろごろ寝たほうが消化が早いんじゃないのかなあ」

――む……むむ……。


そんなわけで、一仕事終えて部屋に戻ってきた森が見たものは、布団《ふとん》の中で眠る敏生と、その傍《かたわ》らで大の字になっている羊人形の姿だった。

あまりにも心和む光景だったので、森は写真でも撮ってやろうかと、カメラを求めてバッグを漁《あさ》った。だが、たちまち物音に目を覚ました小一郎は、森の姿を見て文字どおり飛び上がった。

本来ならば、主人としては「式神《しきがみ》が主《あるじ》の留守を守りもせず、このざまは何だ」と叱責《しっせき》すべき場面を目撃してしまったのだろうが、白州《しらす》に引き出された罪人の体《てい》で平身低頭する羊人形の姿は、それはそれで愉快だった。そこで森は少々疲れた笑みで小一郎を許し、子供のように目を擦《こす》りながらむっくり起き上がった敏生に声をかけた。

「ただいま。よく眠れたかい？」

「お帰りなさい。うーん……」

敏生はまだ布団の上に身を起こしたままの姿勢で、大きく伸びをした。暗くなりかけた窓の外を見て、あれ、と小さな声をあげる。

「ちょっとだけ寝るつもりだったのに」

「もうすぐ夕飯の時間だよ。起きられるなら、布団《ふとん》を畳んでおいたほうがいい」

森は、恐縮至極の式神《しきがみ》が文字どおり「小さくなって」入っているであろう羊人形をひょいとつまんで窓際《まどぎわ》のテーブルに置き、開けっ放しだった窓を閉めた。敏生は、ゴソゴソと起きて適当に布団を畳み、控えの間の隅に片づけながら、森の背中に問いかけた。

「それで？　商談、上手《うま》くいったんですか？」

森は障子を閉め、部屋着に着替えながら答えた。

「ああ。あの笛は、この宿の先々代の経営者がどこかで手に入れたものらしくてね。現在の主人は、骨董品《こっとうひん》にはそれほど興味も知識もないらしい。司野があんな見栄《みば》えのしない龍《りゅう》笛《てき》をほしがるのを不思議がっていたよ」

「そりゃそうですよね。ご主人様の愛用品だって聞く前は、僕もあんなボロい笛って思いましたもん」

「……まあな。おかげでスムーズに話が進んだよ。ただ、俺も先方も……司野すらもああいう古い楽器の相場がわからないから、買い取り値段がなかなか決まらなくてね。結局、司野が持っている骨董品の一つと交換ということで、話がまとまった。骨董屋を営んでいる限りは滅多《めった》なものはよこさないだろうと、先方は踏んだんだろうな。展示に適した、綺《き》麗《れい》な茶碗《ちゃわん》か壺《つぼ》を希望していた」

「へえ。じゃあ、司野さん、もう笛を手に入れたんですか？」

「いや、早速店に戻って交換にふさわしい品を選ぶと言って、宿を出ていったよ。明日の昼過ぎには戻ってくるだろう」

森は、スーツをきっちりとハンガーに掛ける。敏生は畳の上にちょこんと胡座《あぐら》を掻《か》いた。

「そっか。司野さんは人間の姿に封じられたまんまだから、小一郎みたいに自由に飛ぶってわけにいかないいんですね」

「そのようだな」

「司野さん、笛を手に入れたら、見せてくれるかなあ。それとも、さっさと帰っちゃうかな」

「どうかな。……ほら、そっちの端を持ってくれ。テーブルを、もとの場所に戻しておかないと」

「あ、はいっ」

床の間のほうに寄せてあったテーブルを二人がかりで座敷の真ん中に戻しながら、森はからかい口調で言った。

「ボロだと言ったわりに、やけにあの笛にご執心だな。それとも、執着しているのは司野のほうか？」

軽口を叩《たた》いているふうを装《よそお》いつつも、森の言葉には、少しばかりの嫉妬《しっと》が含まれている。敏生は、困り顔でそれを打ち消した。

「執着って、やだなあ天本さんってば。そんなんじゃありませんよ。だって、天本さん言ってたじゃないですか。司野さんは、元佑《もとすけ》さんの知り合いだったんだって」

森は、座布団《ざぶとん》の上に腰を下ろして頷《うなず》いた。

「ああ。平安の昔、奴《やつ》の主人が元佑氏の知己だったらしい。司野は、君に実際に会う千年も前に、君の噂《うわさ》を元佑氏からあれこれ聞いていたわけだ」

「凄《すご》いなあ……。僕も、司野さんから元佑さんや紅葉《もみじ》さんの話を聞きたいんですよ。だから、司野さんがここでもう少しのんびり過ごすなら……って思って。それにあの笛、ガラス越しだからよくわかんないけど、何かちょっと気になる……」

「君もか」

敏生は、森の傍《かたわ》らにぺたんと座り込み、首を傾《かし》げながら言った。

「え？　天本さんも？」

森は着替えで乱れた髪を手櫛《てぐし》で直しながら頷《うなず》いた。

「あの笛からかどうかも現時点では自信がないが、少し妙な気配を感じた気がしたな」

敏生はそれを聞いて、ホッとした顔つきになった。

「やっぱりそうだったんだ。……よかった。僕、モルヒネの禁断症状が出てるとき、幻覚があって……。見えるはずのない蛇とか虫とかが見えたり、おかしな声が聞こえたりして、凄《すご》く怖かったんです。だから、またそうなのかなってちょっと不安だったんですけど……天本さんも感じてたんだったら、幻覚じゃないですよね？」

禁断症状に苦しんでいたときのことを思い出したのか、敏生はブルッと身を震わせる。森は、敏生の肩を抱き寄せ、宥《なだ》めるように二の腕を撫《な》でてやった。

「大丈夫だよ。俺も違和感を感じてはいたんだが、べつに霊障《れいしょう》解決を請け負っているわけではないし、ましてあれは司野の主人の品だろう。あいつが何も言わないのに、俺がそんな余計なことを口走るのはどうかと思ってな。それで黙っていたんだ──」

「そう……ですよね。もしかしたら、あそこに並んでたほかの笛とか小鼓《こつづみ》とかから感じたものかもしれないし」

「そうだな。……まあ、どちらにしても、俺たちには関係のないことだ。ここから先は、司野次第だよ。律儀《りちぎ》に笛を見せに来るかもしれないし、あるいは俺たちに何も言わずに、笛を抱えてさっさと帰るかもしれない」

「……ですね。とにかく、司野さんがご主人様の大事な笛を手に入れられてよかった」

「そうだな。俺も、奴《やつ》に借りの利子分くらいでも返せてよかったよ」

二人が顔を見合わせたとき、扉をノックする音が聞こえた。どうやら、部屋係が夕食の膳《ぜん》を運んできたらしい。

「さて。さっさと飯をやっつけて、ゆっくり温泉を楽しみに行くか。湯治に来たのに、まだ大浴場には一度しか行っていないじゃないか」

「ホントですね」

笑う敏生の唇に小さなキスを贈ってから、森は立ち上がり、扉の向こうにいる部屋係に「どうぞ」と声をかけた……。

＊　＊

翌日の午後、誰かが部屋の扉を叩《たた》いたとき、森はてっきり宿のスタッフだと思った。妖魔《ようま》の司野には、「付き合い」などという概念はないだろう。首尾よく龍笛《りゅうてき》を入手したら、森と敏生のことなど綺麗《きれい》さっぱり忘れてこの地を去るに違いないと、森は踏んでいたのである。

だが、開いた扉の外に立っていたのは、紛れもない司野その人だった。畳に寝そべって、目の前に座らせた羊人形の絵を描《か》いていた敏生も、びっくりして起き上がった。昨日の小一郎との会話を思い出し、司野から小一郎を守るように、羊人形をひっ摑《つか》んでジーンズのベルト通しにぶら下げた。ついでに、パーカの裾《すそ》で、人形をすっぽり覆い隠す。

刺繡《ししゅう》が襟元に入ったチャイナ風の黒いジャケットを着た司野は、小脇《こわき》に細長い風呂敷包《ふろしきづつ》みを抱えて、ずいと部屋に入ってきた。

「こんにちは、司野さん」

　敏生は挨拶《あいさつ》の言葉をかけたが、司野は無言のままだった。どうやら妖魔《ようま》には、挨拶の習慣がないらしい。

　森が勧めるまでもなく、司野はどっかと上座の座布団《ざぶとん》に座り、テーブルの上に、意外なほど丁寧な手つきで、包みを置いた。

　一言もなくても、司野がその包みを二人に見せに来たことは想像に難《かた》くない。森と敏生は素早く視線を交わしてから、司野の向かいに並んで腰を下ろした。

　時候の挨拶も世間話も何もなく、妖魔の術者は本題を切り出した。

「取引が完了した。……その足で帰ろうとも思ったが、お前たちは妙な縁のある人間だからな。一応、見せておくのが筋かと思った」

「……それはどうも」

　こういうとき、如才ない対応という言葉に縁遠いことにかけては、司野に引けをとらない森である。ボソリと言って、風呂敷《ふろしき》包みに視線を注いだ。司野は、相変わらずのつまらなそうな顔で風呂敷包みをゆっくりと解いた。

　敏生は固唾《かたず》を呑《の》んで司野の手元をじっと見守る。やがて、広げた風呂敷の中央に、古ぼけた龍笛《りゅうてき》が姿を現した。大きな窓から差し込む日の光のもとで見ると、笛はますますみすぼらしく見えた。

「触ってもいいですか？　あ、でも手袋とかしなくちゃ駄目なのかな」

敏生の言葉に、司野は小さく頭を振った。

「楽器は素手で触れられてこそ、人の『気』を受けて命を長らえる。手袋などいらん」

「……じゃあ……」

敏生はおずおずと笛に手を伸ばしたが、それを遮って笛を手に取ったのは森だった。森は、両手で笛を捧《ささ》げ持《も》ち、黒曜石の鋭い瞳《ひとみ》でじっと龍笛《りゅうてき》を観察した。

龍笛は、長さ四十センチ、直径二センチほどの華奢《きゃしゃ》な造りのものだった。あるいは、司野の主人だった辰巳辰冬という男は、わりに小柄だったのかもしれない。

吹口を左、指で押さえる七つの孔《あな》を右に持って構えると、左側の、内部が空洞でない頭の部分が少し重いのがわかる。おそらく、吹くときのバランスを考え、重りが入っているのだろう。

「軽くなった」

司野は、ボソリと言った。森は、笛から視線を上げる。

「何が？」

司野は、顎《あご》をしゃくった。

「その笛だ。千年前に持ったときより、遥《はる》かに軽い。……経てきた時の重みのぶん、笛は軽くなった」

敏生は驚いて、まじまじと龍笛《りゅうてき》を見た。

「……そんなことがあるんですか？」

「詳しい理屈は知らん。だが、この世に存在するあらゆるものは、目に見えない粒が無数に寄り集まって形をなしているにすぎないのだと、辰冬は言っていた。時が経つうちに、いったんは集まった粒が次第に散っていくのは自然の理《ことわり》だろう」

そんな量子物理学めいたことを、平安人の司野の主人は知っていたらしい。まったく得体の知れない男に仕えていたものだと内心舌を巻きつつ、森は笛に視線を戻した。

「しかし……司野、本当にこれは千年前の笛なのか？　以前、どこかの神社で、室町《むろまち》時代の龍笛が宝物として展示されているのを見たことがある。これよりもっと酷《ひど》い状態だったぞ」

龍笛は、確かにいいコンディションとはほど遠い状態にあった。吹口の一部に小さな筒割れがあるし、筒の内部に塗りの朱色が霞《かす》むほどおびただしい埃《ほこり》が溜《た》まっている。各所に巻かれた植物繊維らしきものがところどころで剝《は》がれているのが、人間でいえば血管が古び、破れているように見えて痛々しい。

「亡《な》き主《あるじ》の守護印が……その五芒星《ごぼうせい》が笛を守ったのだろう。だが、それだけではなく……おそらく何人もの持ち主を経て、少なくともこの宿の主人があのような酷い場所にこの笛を曝《さら》すまでは、実際に使われ、大切に扱われてきたはずだ。何度か修繕した痕跡《こんせき》がある」

「何人もの……持ち主を……か」

「ああ。楽器は実用品だ。人の手に触れられ、奏《かな》でられていなければ、たちまち衰える。住む者がなくなった家が速やかに荒れ果てるのと同じことだ」

司野の言葉に、森と敏生は顔を見合わせた。

「……天本さん」

敏生は、やや不安げな声で森の名を呼んだ。森は頷《うなず》き、司野の冷たい面《おもて》を探るように見た。司野は、不愉快そうに眉根《まゆね》を寄せる。

「何だ？」

森は、ごく慎重に切り出した。

「この龍笛《りゅうてき》だが……。昨日、ガラスケース越しに見たとき、俺も敏生も、この笛から微《かす》かな人の念のようなものを感じた気がした。ただ、あのケースの中には、ほかにも古い楽器があったから、あるいは勘違いかと……。だが今、この笛に直接触れて、昨日の感覚が間違いでなかったことを確信している」

「ほう？」

どうやら、森がそう言い出すことを予測していたのだろう。司野は面白がっているらしく、猛々《たけだけ》しい光を帯びた目を細めた。敏生も、森の傍《かたわ》らから言葉を添える。

「あの……僕らが感じるくらいだから、司野さんだって感じてるんでしょう？　この気配って……司野さんの亡《な》くなったご主人様のものなんですか？　それとも……ええと、ご主人様が亡くなった後に、この笛の持ち主になった誰かの……？」

司野は、森の手から笛を受け取り、しばらくじっと見下ろしていたが、やがてそれを敏生に差し出した。

「え？」

「持ってみろ。……心配ない。今はさほど強い念ではないからな」

（やっぱり……司野さんも感じてたんだ）

「おい、敏生」

「大丈夫。やってみます」

「無理はするなよ」

森の心配そうな視線を感じつつも、敏生は背筋を伸ばし、両手で笛を受け取った。

敏生は以前、司野に一弦琴《いちげんきん》から記憶を読み取る術を教わった。その手法を忘却していないかどうか、今敏生は、司野にテストされているのである。

河合《かわい》に拉致《らち》監禁されて以来、術者らしい行為を行うのは、これが初めてのことだった。

敏生は緊張しつつも、テーブルの上にそっと笛を置き、両手を笛に軽く触れさせた。目を閉じて気持ちを落ち着かせ、龍笛《りゅうてき》の放つ「気」の揺らぎに、自分の精神を同調させていく。

最初は不安が邪魔をしてなかなか意識を集中できなかったが、次第に心が澄んで、自分の体が空気に溶けていくような感覚が訪れる。

（……あ……何だろう、この感じ。あったか涼しいっていうのかな……）

ふと、不思議な気配が、ふわりと敏生の体を包んだ。涼やかな風を頬《ほお》に受けながら、初夏の優しい太陽に暖められているような、何とも心地よい「気」である。

敏生は半ば無意識に、片手を笛から離し、司野のほうに差し伸ばした。敏生の意図を読み取り、司野は敏生の手を自分の手のひらで受け止める。森はそれを見て何とも複雑な表情をしたが、場合が場合だけに、ムッとしつつも二人の様子を見守った。

「これ……この凄《すご》く気持ちいい波動って……」

「それが、我が主《あるじ》、辰冬の『気』だ」

司野は、触れ合った手から敏生が感じている「気」を読み取り、静かな声でそう言った。敏生は目を閉じたまま、柔らかく微笑《ほほえ》む。

「これが……。凄く素敵《すてき》な人だったんですね、辰冬さんって。嬉《うれ》しいな。……こんな人が、元佑さんのお友達だったんだ。……あ……！」

だが、その穏やかな表情は、長くは続かなかった。敏生の幼い顔が、どこか苦しげに歪《ゆが》む。森はハッとした。

「敏生？　どうした。苦しいのか？」

だが、司野は敏生に触れようとした森を、視線で制した。確かに、集中を無理に遮ると、精神にダメージを与えかねない。森は、あげかけた手を、仕方なく膝《ひざ》の上に下ろした。

敏生の口から、譫言《うわごと》のような呟《つぶや》きが漏れる。

「何だろう……これ……。怒り……？　ううん、それだけじゃないな……」

「そこまででいい」

司野は、低い声でそう言った。そして、自分の手のひらで支え続けていた敏生の左手の甲を、軽く打った。その刺激で、トランス状態にあった敏生は、ハッと目を見開く。

「あ……僕……」

「笛から手を離せ」

「は……はい……」

まだ呆然《ぼうぜん》としながらも、敏生は言われるままに、龍笛《りゅうてき》から右手を離した。司野は敏生の左手を解放し、龍笛を自分の手に戻した。

「お前はまだ回復しきっていない。それ以上の同調は危険だ」

「大丈夫か、敏生」

森は、ぼうっとしている敏生の頬《ほお》を、冷たい手で撫《な》でた。次第に、見開かれたままの敏生の鳶色《とびいろ》の瞳《ひとみ》に、意志の光が戻っていく。ぱちぱちと何度か瞬《まばた》きしてから、敏生はふうっと大きく息を吐いた。そして、まずは自分の顔を覗《のぞ》き込《こ》む森を見、それから司野と、その手の中の笛に視線を滑らせた。

司野は、軽く頷《うなず》いて口を開いた。

「俺の教えたことを、よく覚えていたな。やはりお前は、一流の憑坐《よりまし》だ。……我が主《あるじ》以外の念を、お前は感じた。そうだな？」

敏生は、何かを振り切るように何度か頭を振った後、頷いた。

「ええ。……司野さんのご主人様の念は、凄《すご》く気持ちよかった。なんていうか、優しい風に包み込まれるみたいな感じがしました。だけど、それに混じって、凄く禍々《まがまが》しい念を感じました。……女の人……なのかな。怒りとか、悔しさとか……そんな感じのマイナスの念が、笛に染《し》み込《こ》んでる感じ。あと……同調してるとき、ちょっと焦げ臭いように思ったかな」

「焦げ臭い？」

森は眉《まゆ》を顰《ひそ》める。司野は、満足げに唇の端を吊《つ》り上《あ》げて笑った。

「短時間の同調で、そこまで読んだか」

「え？　じゃあ……」

「ここを見てみろ」

司野は、笛の指孔《ゆびあな》のあるほうの先端を、二人の鼻先に突き出した。森と敏生は先端に顔を寄せ、そして同時にああ、と小さな声をあげた。

本体が黒っぽい煤竹《すすだけ》で作られているうえに、黒く漆で塗られているためにわからなかったが、よく見れば、先端がほんの少し焦げているのがわかる。

「司野さん、これ……」

「千年前にはなかったものだ。ほかの持ち主の念は、我が主《あるじ》の念に溶け、この笛の命を保つための力と化している。だが、お前が感じた女の念だけは……。まるで澱《おり》のように、笛に宿り、まだ暗い瘴気《しょうき》を放ち続けている。……不愉快だ」

言葉どおりの険しい顔つきで、司野は龍笛《りゅうてき》を睨《にら》みつけた。森は、そんな司野の様子を見て、落ち着いた声音で問いかけた。

「確かに、亡《な》き主を偲《しの》ぶのに、他者の暗い念が宿った笛では不都合だな。だが、憑《つ》き物落《ものお》としはあんたの得意分野だろう。さっさと落としてしまえば、何も問題はあるまい」

「いや……。このままでは、女の念は落とせん」

司野は、煩わしそうに笛を風呂敷《ふろしき》の上に置いた。

「どうしてですか？」

敏生の問いに、司野は苛々《いらいら》した口調で答えた。

「女の念が笛に深く食い込んでいて、このままでは女の念を打ち砕くと同時に、笛まで砕けてしまうだろう。……まずは、笛に憑き物落としに耐えうるだけの力を与えてやらねばならん」

「笛に、力を……ですか？　どうやって？」

「簡単なことだ。奏してやればいい。奏することで、笛は本来の輝きと力を取り戻す」

「なるほど。そういうことか」

司野の言葉に、森はようやく納得の表情になった。だが、敏生はまだよくわからない様子で、森のセーターの袖《そで》を引いた。

「ねえ、天本さん。何がそういうことか、なんです？　吹いてあげさえすれば、龍笛《りゅうてき》は力を取り戻して、憑《つ》き物落《ものお》としができるんでしょう？　あ、もしかして、司野さんは龍笛が吹けない……？」

「いや。我が主《あるじ》に手ほどきを受けた。主ほどの名手ではないが、なまじの人間よりは上手《うま》く吹ける」

「じゃあ、どうして……」

森は、簡潔に言った。

「吹きたくても、今の状態では吹けない。そうだな？」

司野は頷《うなず》く。

「そうだ。吹口が割れている。これでは、まともな音が出せん。音を出すには、まず修理が必要だ」

「そうなんだ……。あ。もしかして」

敏生はポンと手を打ち、森の顔を見た。森は、微苦笑を浮かべて頷《うなず》く。

「どうやら、妖魔《ようま》の術師どのが我々にわざわざ龍笛《りゅうてき》を見せに来てくれた理由が、ようやくわかってきたようだ」

司野は、森の皮肉っぽい視線を受け、唇をへの字に曲げる。敏生が頷いてみせたので、森は言葉を継いだ。

「とりあえず、早川に至急連絡して、龍笛を修理できる人間を手配させる。ここは、高山に近い。高山なら、高山祭で使う雅楽器を修理する職人が必ずいるはずだ。東京に戻って探すより、あるいは手っ取り早いかもしれない」

「……ああ」

「何とか音が出る程度の修理を依頼するところまで、俺が手はずを整える。ここで職人が見つかれば俺が直接工房へ行くし、東京で修理するということになれば、早川が上手《うま》く計らうだろう。どちらにしても、あんたの苦手な頼み事と交渉は、こちらで引き受けよう。……それでどうだ？」

「……よかろう」

司野は仏頂面《ぶっちょうづら》で頷き、腕組みして尊大な口調で言い放った。

「わかったのなら、早くやるべきことをやれ」

「……やれやれ。人使いの荒い妖魔《ようま》に借りを作った俺が迂闊《うかつ》だったな」

森は苦笑いで立ち上がり、早川に連絡をつけるべく、携帯電話を持って電波のよく入る窓際《まどぎわ》へと向かう。

(笛さえ修理できたら、憑《つ》き物落《もの お》としができるって司野さんは言うけど……ホントにそんなに上手《うま》くいくのかな……。司野さんが途中で止めてくれたから、まともに同調はしなかったけど、何だか凄《すご》く嫌な感じだったな、あの女の人の念……)

司野と森のために茶を煎《い》れてやりつつ、敏生は胸がざわめくのを抑えられずにいた……。

三章　終わりなき明日に

その夜、森《しん》と敏生《としき》は、司野《しの》の部屋を訪れた。

「……ああ。お前たちか」

扉を開けた司野は、森と敏生の顔を見ると、「入れ」と身を引いた。その反応に、森も敏生もうっかり意外そうな顔つきになってしまう。てっきり、その場で用事をすませ、そのまま追い返されるとばかり思っていたのだ。

「何だ？　用があって来たんじゃないのか？」

「いや……ああ、では、お言葉に甘えて失礼する。……敏生」

「お邪魔しますっ」

敏生は嬉《うれ》しそうにぺこっとお辞儀して、部屋に入った。森も目礼してそれに続く。

司野の部屋は、ちょうど本館の後ろ……山の斜面に沿って配置されているので、正確には斜め上……に建つ小さな離れだった。

本館よりずっと後に建てられたのだろう。室内の設備や調度品は、森たちの部屋に比べればかなりモダンで洗練された感じだった。ただ、本館側が玄関になっており、ほかの三方のガラス窓がすべて山のほうを向いているので、開け放した障子の向こうに広がっている外の景色はそれほどよくない。昼間は杉木立が見えて緑豊かなのだろうが、夜は漆黒の闇《やみ》が広がっているばかりである。

「わ……真っ暗ですね。怖いみたいだ」

突っ立ったままでついそう呟《つぶや》いた敏生に、司野はこともなげに言った。

「人間は闇を恐れる生き物だが、妖魔《ようま》は闇より生まれしものだ。俺には、深い闇がほかの何にも勝る風景だ」

「そっか……。司野さんにとっては、ふるさとの風景みたいなものなのかも」

「それより、用があって来たんだろうが。突っ立っていられては目障《めざわ》りだ。どこにでも掛けろ」

司野は、床の間を背にした上座の座布団《ざぶとん》にどっかと胡座《あぐら》を掻《か》いた。森と敏生も、速やかにテーブルを挟んで司野に相対する。最初は胡座で腰を下ろした敏生だが、傍《かたわ》らの森が修行僧さながらに端座しているので、慌てて正座に座り直してかしこまる。

妖魔が茶を煎《い》れてもてなしてくれるとはとても思えないので、森はいきなり本題に入った。

「早川《はやかわ》から連絡があった。高山《たかやま》市内に、いい職人がいるそうだ。『組織』の紹介だから、腕は確かだろう。明日の午前中に龍笛《りゅうてき》を持ち込む手はずを整えた。約束どおり俺と敏生が行くが、あんたはどうする？　俺たちに大事な笛を預けるのは不安だというなら、一緒に行くか？」

「三人がかりでかからなくてはならないような用事でもなかろう。お前たちに任せる」

司野はそう言うと、立ち上がった。床の間に置いてあった龍笛の風呂敷包《ふろしきづつ》みを持って席に戻ると、それをテーブルに置く。

森はすぐに手を伸ばすことはせずに、包みをじっと見下ろして言った。

「確かに……この女の念は、笛の中にどっかと根を食い込ませている感じがするが、今のところ、発する瘴気《しょうき》自体はさほど強くないようだ。念のため、簡単な封じを施しておけば、持ち歩いても問題はなさそうだな」

「今のところはな。でなければ、心許《こころもと》ないひよっこ術者になど託さん」

「ひよっこで悪かったな。だが言わせてもらえば、長く生きていることが、術者としてもより優れていることを意味するとは限るまい」

顔を合わせるたびにひよっこ呼ばわりされ、さすがの森もムッとして言い返す。千年生きていても、妖魔《ようま》というのは元来短気な生き物なのだろう。司野もたちまちキリリと眉《まゆ》を吊《つ》り上《あ》げた。

「何だと。ならばお前は、俺がただいたずらに年を食った老いぼれ妖魔だとでも言うつもりか！」

「さあな。千年生きた妖魔《ようま》が老いぼれかどうかなんて、俺が知るものか。案外、妖魔の世界では、千年程度ではまだまだひよっこなんじゃないのか」

「おのれ、言わせておけば、たかだか三十年そこそこしか生きていない生意気な人間がよくも……」

「ああもう、やめてくださいよう、天本《あまもと》さんも、司野さんも。二人でお互いひよっこって言い合ってたら、僕なんかどうなるんですか。ひよっこどころか、卵……ううん、その前段階ですよ。あれ？　前段階ってメンドリ？　じゃあヒヨコより大人になっちゃうな。じゃあ何になるんだろう……」

大慌てで仲裁に入ったものの、敏生は途中で頭がこんがらがって妙なことで悩み始める。司野は不機嫌に鼻を鳴らし、森は、自分の大人げない振る舞いに自己嫌悪《じこけんお》にかられつつ言った。

「敏生。ひよっこと、ヒヨコは少し違う。……いや、それはともかく、つまらないことを言ってすまなかった。用事はすんだから、龍笛《りゅうてき》を預かって失礼し……」

とにかく、これ以上愚かな言い争いをしないうちにと、森はこの場を退散しようとした。だがそのとき、敏生の携帯電話が場にそぐわない陽気なメロディーで着信を知らせる。

「ごめんなさい。ちょっと電話、出させてください」

恥ずかしそうに二つ折りの携帯電話を開いた敏生は、パネルに表示された発信者の名前を見て「あ！」と嬉《うれ》しそうな顔をした。

「龍村《たつむら》先生からだ！」

「龍村さん？」

森もその名を聞いて、ひとまず座り直す。敏生は急いで通話ボタンを押し、携帯電話を耳に押し当てた。

「もしもし、龍村先生？　ええ、僕です。今どこ……え？　着いた？　着いたってどこに？　宿……ここですか⁉　ああ、はい。……ええ。いえ、僕らも宿にいますよ。……うん、司野さんのお部屋にいるんです。……え？　あ、そうなんですね。じゃあ、訊《き》いてみます。ちょっと待ってください」

敏生は携帯電話を耳に当てたまま、森と司野を見た。

「あの、龍村先生、今宿に着いたんですって。部屋に来たけど、僕も天本さんもいないから電話したって」

「ここまで来てから連絡とは、龍村さんらしいな。だったら、早く部屋に戻って……」

「あ、それが」

敏生はムスッとした顔で二人のやりとりを聞いている司野に言った。

「あの、司野さん、龍村先生に会ったことあるんですよね？」

「龍村……？」

司野は、ほんの数秒考えて、ああ、と思い出したように頷《うなず》いた。

「龍村といえば、あの中原元佑《なかはらのもとすけ》に瓜二《うりふた》つの男だな。お前が誰ぞに拐《かどわか》されているときに会った」

「うう、やなときに会ってるなあ。その龍村さんがここに来てるんですけど、僕、昨夜《ゆうべ》龍村先生にメール打ったんです。司野さんもここにいるんだって。そしたら、龍村先生、司野さんにもお土産《みやげ》買ってきたから、ここに持ってきていいかって。……いいですか？」

司野は鷹揚《おうよう》に頷く。

「毒を食らわば皿までだ。べつにかまわん、来るがいいと伝えろ。……ふ、土産か。あの堅物の元佑と同じ顔をしているわりに、よく気のつく男だな。おい、天本。安倍晴明《あべのせいめい》は、陰陽道《おんみょうどう》に長《た》けているだけでなく、社交においても抜け目のない男だったと俺は聞いたぞ」

「……それが何か？」

「お前は晴明の蘇《よみがえ》りと持てはやされていたわりに、気がきかん奴《やつ》だな。手土産くらい提げてきたらどうだ」

「べ……べつに俺が、自分で安倍晴明の生まれ変わりだと吹聴《ふいちょう》したわけじゃない。それに、あんたがここにいることなど知らなかったんだ。手ぶらなのは、仕方がないだろう」

自分が安倍晴明として行動していたときの記憶はおぼろげにしかない森は、ムッとした顔で言い返す。また不毛な口げんかが始まりそうで、敏生は慌てて二人の間に割って入った。

「あの……あのっ！　じゃあ、龍村先生にこっちに来てもらいます！　僕、ちょっと迎えに行ってきますから、そのあいだ、二人ともけんかしないでくださいよ？　もう子供じゃないんですからねっ。もしもし、龍村先生？　お待たせしました！　今すぐ迎えに行きます！　ええと、そうですね。ロビーで待っててください」

早口でそう言い残し、一刻も早く龍村を連れてこようと、敏生は離れを飛び出し、ロビーに向かって全速力で駆け出した……。


敏生の苦言が功を奏したのか、敏生が龍村の手首を引っ張って駆け足で離れの部屋に戻ってきたとき、司野と森は、テーブルを挟んで黙然と対座していた。おそらく、あれからまったく会話がなかったのだろう。二人とも同じポーズ……腕組みして、一睨《ひとにら》みで飛ぶ鳥を落とせそうな凶悪な顔つきで向かい合っているので、部屋の空気はとことん重くなっている。

だが、さすが森との付き合いが長年に及ぶだけあって、龍村はそんな重苦しい沈黙など、一瞬で吹き飛ばしてみせた。

「おう、天本。やっと合流できたぞ。どうにも忙しくてな。明日の夜の列車で帰らにゃならんが、とりあえず一日休みを確保した。……ああ、辰巳《たつみ》さん、お久しぶりで。先日は天本ともどもお世話になりました」

快活に挨拶《あいさつ》をしながら、龍村は森の横にどっかと腰を下ろし、司野に一礼した。いつもの豪快な笑顔で、手に提げていた重そうな紙袋を傍《かたわ》らに置く。

司野も、平安《へいあん》時代に主《あるじ》の友人だった検非違使《けびいし》、中原元佑にそっくりの顔をした龍村のことは、憎からず思っているらしい。どこかリラックスした表情で頷《うなず》いた。

「一月《ひとつき》ほど前に会ったばかりだ。久しいとは思わんが、息災だったようだな」

「ははは。千年生きている方には、一か月など一瞬ですか。実は、あなたがこちらに滞在していることを琴平《ことひら》君が教えてくれましてね。土産《みやげ》に、灘《なだ》の酒を持ってきました。お口に合えば幸いですが……せっかくですから今、一杯やりませんか。冷やで飲むのがいちばん旨《うま》い酒らしい」

よく響くテノールで陽気に言いながら、龍村は敏生に片目をつぶってみせた。どうやら、アルコールで司野と森の間の緊張状態をほぐすつもりらしい。

司野がべつにかまわないと言ったので、敏生はいそいそと人数分の湯飲みをテーブルに並べ始めた。

用意周到な龍村だけあって、こういうシチュエーションを想定していたのだろう。日本酒だけでなく、つまみまで持参していた。紙袋の中からは、スルメやポテトチップスやあられ、それにビーフジャーキーやチョコレートの袋が次々に出てきて、テーブルの上には、あっという間に酒盛りの準備が調った。

「では、試飲といきますか」

仕事帰りに駆けつけたのだろう。スーツ姿のままの龍村は、鮭《さけ》を捕った熊《くま》のようなポーズで一升瓶を抱え込み、蓋《ふた》を開けた。司野との言い争いですっかり不機嫌になっていた森も、龍村のユーモラスな姿に苦笑いを浮かべる。

「まるで、大学生の酒盛りだな」

「こういうのも、たまにはよかろう。つまみはお粗末だが、酒は一級品だぜ。瀧鯉《たきのこい》ってメーカーでな。最近ちょっと気に入ってるんだ。さ、どうぞ」

なみなみと二つの湯飲みに酒を注《つ》ぎ、龍村はまず、司野と森に勧めた。司野は一口飲んで、「悪くない」と言った。どうやら、酒は嫌いではないらしい。

森も湯飲みに口を付け、頷《うなず》いた。

「辛口で、キレのいい酒だな。確かに悪くない……と、敏生。君はやめておけ」

「ええ⁉」

わくわく顔で自分の順番を待っていた敏生は、森の言葉にぷうっと頬《ほお》を膨らませる。

「どうしてですか。僕だってもう二十一歳になったんですよ。ちょっとくらい、いいじゃないですか」

「年齢の問題じゃない。療養中の人間が、酒なんか飲んでどうするんだ」

「えー。でも……」

敏生は救いを求めるように龍村を見る。だが、龍村も、太い眉尻《まゆじり》を下げた困り顔で頭を振った。

「そんな顔をしても駄目だぜ、琴平君。許可してやりたいのはやまやまだが、酒は当分我慢しておいたほうがいい。薬物の副作用が、アルコールをきっかけにしてぶり返すことがあるからな。あんな思いを、二度もしたくないだろう？」

「ええっ。う、うー。じゃ、飲みません」

モルヒネの禁断症状に、長らく苦しめられた敏生である。大人たちの仲間入りがしてみたいだけで、別段好きでもない酒のために危ない橋を渡るのはごめんだと思ったのだろう。あっさりと湯飲みをテーブルに置いた。

「いい子だ。琴平君には、こっちをサービスしてやろう。リットル単価は、こっちのほうが上だぜ。冷えてないのが気の毒だが、味はいいはずだ。北海道《ほっかいどう》出張の土産《みやげ》でな。わざわざ小樽《おたる》で買ってきたんだぞ」

龍村は、いかにも残念そうな敏生の湯飲みに、これまた持参のグレープジュースを注《つ》いでやった。おそらく、ワインの代わりのつもりなのだろう。やや不満そうだった敏生も、湯飲みに鼻を近づけ、甘い匂《にお》いに鼻をうごめかせて嬉《うれ》しそうな顔になった。

一同に飲み物が行き渡ると、龍村はぐるりと全員の顔を見回して言った。

「それでは、とりあえず乾杯しますか」

「何に対してだ」

司野の問いに、龍村は即座に答える。

「こういうとき、人間社会では、再会を祝してと相場が決まっていますよ。……それから、オプションで琴平君の全快を願って、というところかな」

司野は納得したように頷《うなず》いた。

「なるほど。確かに、元佑を中心に、不思議な縁で結ばれた面々だからな。再会はそう悪いことではない。小わっぱにも、とっとと本復して借りを返してもらわねばな」

「う……が、頑張って早く復活します」

「妥当な乾杯の理由だな、龍村さん」

敏生はちょっと恥ずかしそうに言い、森はそんな敏生を見つめながら湯飲みを持ち上げた。

「では、乾杯！」

龍村の音頭《おんど》で、四人はかちりと湯飲みを合わせる。こうして、何とも奇妙な面子《メンツ》の飲み会が始まった。

　司野と森はさほど饒舌《じょうぜつ》なほうではないので、最初は何ともぎごちなく硬い雰囲気の中、龍村と敏生が話すばかりだった。だが、旨《うま》い酒の力で、次第に場の空気も和らいでくる。司野と森も、少しずつ会話に加わるようになった。

　やがて敏生が、期待を込めた眼差《まなざ》しを司野に向けてこう言った。

「天本さんから聞いたんですけど、司野さんって、元佑さんのこと、よく知ってるんですよね？」

　つまみには一切触れず、ただ酒だけを結構なピッチで飲みながら、司野は頷《うなず》いた。妖魔《ようま》にも、アルコールは人間と同じように作用するのだろうか、酩酊《めいてい》の気配はないが、さっきまでよりほんの少し機嫌のよさそうな顔をしている。

「知っている。……こんなにいい酒ではなかったが、元佑はたまに安酒を提げて主《あるじ》の屋敷に来ていた。そうだな……今の……龍村といったか、お前よりは年老いていたが、いつも源太《げんた》とかいう屈強な従者だけを連れ、ふらりとやってきたな」

「源太！　元気だったんだ。ずっと元佑さんのこと、守ってくれてたんだな……」

　平安の都でできた友人が元気に暮らしていたことを知り、敏生は丸い頰《ほお》をほんのりと上気させて、わくわくした顔つきでテーブル越しに身を乗り出した。

「ね、お願いですから、もっと元佑さんのこと聞かせてください。僕が知ってる元佑さんは、今の龍村さんより少し年上くらいの頃だったんです。それからの元佑さん、どんなふうだったんですか？」

「そりゃ、僕も拝聴したいところだな。な、天本」

「そうだな。懐《なつ》かしい人の消息は気になるものだ」

龍村と森も、司野に視線を向ける。司野は、胡座《あぐら》を掻《か》いたまま、床の間の柱にゆったりと背中を預けて口を開いた。

「そうだな。俺が元佑と知り合ったとき、奴《やつ》はすでに五十を過ぎていた。あの時代の五十歳といえば立派な年寄りだが、あの男は老人とは思えぬ頑健な体軀《たいく》をしていた。検非違使《けびいし》の任は一人息子に譲っていたが、隠居しても老《ふ》け込《こ》むことはなかったらしい」

「一人息子……そういえば、琴平君の名から一文字取って名付けたとか？」

龍村の問いかけに、司野は頷《うなず》いた。

「元佑の息子の名は、敏志《さとし》といった。当時は風変わりな名だと思ったが、今ならばさして珍しくもない名だな。……元佑はよく言っていた。自分に、己を信じてまっすぐに生きていくことを教えてくれた人間のことを忘れぬように、その人物と同じ志を持って育ってくれるようにと願いを込めて、息子にその名を与えたと」

「元佑さんが……そんなことを……」

元佑が、自分のことをそんなふうに思っていたと知り、敏生は気恥ずかしそうに、しかし嬉《うれ》しそうに大きな目を輝かせる。

「いつもは寡黙で用心深い男だったが、我が主《あるじ》は、おそらくあの男にとっては数少ない、心を許せる友人だったのだろう。たまに深酒をして酔ったときは、決まってお前たちのことや、未来の世……今俺たちがいる世界の話をしていた」

敏生は勢い込んで司野に訊《たず》ねた。

「それで？　元佑さんは……あの、幸せだったんですか？　現代の世界に来て、鬼と戦って、また平安時代に戻って……それからは、幸せに暮らしたんですか？」

司野は小さく肩を竦《すく》めた。

「幸せなどという言葉の定義は、俺にはわからん」

「う……そ、そっか……。じゃあ、司野さんの知ってる元佑さんは、どんな人でした？」

「我が主は、あの男を評してこう言っていた。年を重ねても、巌《いわお》のように堅くまっすぐな、何者にも歪《ゆが》められることのない強い魂を持つ男だと。そして、自分を取り巻くすべての物事に、等しく誠実であると。……確かに、あれは頑固なくせに、妙に柔軟な思考を持つ男だったな」

司野は、どこか懐《なつ》かしげな口調で言った。

「辰冬《ときふゆ》が俺を打ち負かし、式神《しきがみ》にすると言い出したとき、陰陽寮《おんようりょう》の連中のみならず、奴《やつ》を取り巻くすべての人間どもが、こぞってそれに反対し、俺を殺してしまえと言った。俺は、鳥辺野《とりべの》を統《す》べる人喰《ひとく》い鬼《おに》だったのだからな。無理もない。……いくら人の身に封じ、呪《しゅ》で縛るといっても、そんな妖魔《ようま》を式《しき》として手元に置くなど、狂気の沙汰《さた》としか言いようがなかろう」

「え……えと……それは……」

敏生は返答に困ってしまって、オロオロする。司野は、皮肉っぽい笑みを唇に浮かべた。

「困ることはない。当の俺とて、辰冬のことを度《ど》し難《がた》い阿呆《あほう》だと思ったものだ。だが、俺の何が気に入ったのか知らんが、辰冬は陰陽《おんよう》寮《りょう》の職を辞すことになっても俺を手元に置くと言い張った。……そのとき、四面楚歌《しめんそか》の辰冬の側にただひとり立ったのが、元佑だった。辰冬が見込んだ妖魔なら……と、奴《やつ》は最初から俺を恐れることなく接してきた。実際、元佑が奔走してあちこちに掛け合ってくれたおかげで、辰冬は陰陽寮を追われることもなく……そして、不本意ではあるが、俺は奴の式として生きながらえることになったんだ」

「……ちょっと待ってください」

龍村は、齧《かじ》りかけのスルメを手に持ったまま、仁王《におう》の目を剝《む》いた。

「兄上……元佑氏は、元検非違使《けびいし》でしょう。その、僕はあまり平安時代の役所のシステムには詳しくありませんが、辰巳さんのご主人の辰冬氏が勤めておられた陰陽寮とは、無関係なのでは？　それとも元佑氏は、宮中でよほど力を持った存在だったのですか？　正直言って、そうは見えませんでしたが」

「ああ……。確かに、検非違使庁《けびいしちょう》と陰陽寮《おんようりょう》には、直接の結びつきはない。それに元佑は、検非違使の長《ちょう》であったわけではなし、政治的な力は無に等しい」

「じゃあ、どうして元佑さん、辰冬さんを助けられ……あ！」

敏生は、ふと思い当たったようにポンと手を打った。

「もしかして、道長《みちなが》さんですか……？」

司野は、満足そうに頷《うなず》いた。

「そうだ。元佑の奴《やつ》、どういういきさつかは知らんが、藤原道長《ふじわらのみちなが》とずいぶん懇意であったらしいな。道長亡《な》き後も、元佑は藤原氏に人脈を持ち続けていた。もっとも、それを自分や息子の出世のために悪用することはけっしてなかったが……友人である我が主《あるじ》のために、生涯ただ一度、裏から手をまわした。……公明正大であり続けた元佑にとっては、自分の信念と良心をみずから打ち壊すにも等しい行為だ。妖魔《ようま》の俺でも、奴が一世一代の決意でそうしたことは理解できる」

森は、司野の湯飲みに酒を注《つ》いでやりながら、しみじみと言った。

「固い信念を持ち続ける意志の力と、最良の結果のためにはその信念をねじ曲げることをも躊躇《ためら》わない勇気を持ち合わせた人物……いかにも元佑氏らしいな」

敏生は膝《ひざ》を抱えて座り、膝頭に喜びで火照《ほて》った頬《ほお》をのせて嬉《うれ》しそうに言った。

「じゃあ、元佑さんは年を取ってもちっとも若い頃と変わってなかったんだ。……あ、じゃあ、元佑さんのおうちの人たちは？　紅葉《もみじ》さんとか、息子さん……敏志さんとか」

司野は遠い記憶をたどるように、湯飲みの中の澄んだ酒を揺らしながら言った。

「元佑の妻の話は聞いたことがあるが、実際に会ったことはない。我が主《あるじ》が言うには、気は強いが、心根は優しくよく気のつく女だったそうだな。息子の敏志は、我が主辰冬と年が近いこともあり、よく互いの屋敷を訪ね合ったり、共に外出したりしていた。醜男《ぶおとこ》ではあったが、父親と同じ曇りのない魂を持った、気持ちのいい男だった」

「醜男って！　そ、そんな酷《ひど》い。息子さんは、龍村先生に……っていうか、元佑さんに似てなかったんですか？」

「中途半端《ちゅうとはんぱ》に似ていたから、醜男なのだ。父親譲りの鬼瓦《おにがわら》のように四角い顔と拳《こぶし》が入るほど大きな口をしているくせに、目だけが母親に似たのだろう、娘のように黒目がちでつぶらでな。見れば見るほど奇妙な顔だった」

司野は真面目《まじめ》に回想していたのだが、その言葉に、森と敏生は同時に吹き出す。特に敏生は、紅葉をよく知っているだけに、可笑《おか》しさもひとしおである。

「た、た、龍村先生と同じ四角い顔に、紅葉さんのぱっちり目だけのっけちゃったんだ……そ……それは……あはははははは」

「た、龍村さんの顔につぶらな瞳《ひとみ》……っ。それは……確かに……」

森は片手で口を覆って肩を震わせ、敏生は畳にひっくり返って笑い転げた。龍村は、憮《ぶ》然《ぜん》として厳《いか》つい肩を揺すり上げた。

「おい、お前ら。何か出来損ないの福笑いみたいなのを想像してるだろう。まったく、失礼な奴《やつ》らだ。……で？　顔はともかく、ご子息も順風満帆の人生を？」

司野は、森と敏生が何をそんなに笑っているのか理解できず、不審そうな顔をしつつも頷《うなず》いた。

「ああ。父親の元佑と同じように、うだつは上がらずとも、検非違使《けびいし》として実直に勤め上げた。我が主《あるじ》辰冬は妻を持たなかったが、元佑も敏志も共に妻を娶《めと》り、子を生《な》し、己の小さな世界を守って生きた。……それを、お前は……人間は幸せな人生と考えるのか、小わっぱ」

ようやく笑いの発作を引っ込めた敏生は、起き上がり、司野の顔をまっすぐ見て深く頷いた。

「人間の幸せの形って、きっと人それぞれだと思うんです。でも……僕、上手《うま》く言えませんけど、人間って、大切な何かに巡り合うことができて、それを守ることができたとき、いちばん幸せなんじゃないかなあって」

「……大切な何か？　それは人間でなくてもか？」

訝《いぶか》しげな司野の問いに、敏生はきっぱりと頷《うなず》いた。

「はい。人でも、ペットでも、本でも、車でも。心からそれと出会えたことを嬉《うれ》しく思えて、何よりも大事に思えるもの……。元佑さんや息子さんにとっては、それが家族だったんでしょうね。でも、価値観は人によって全然違うから、司野さんのご主人様は、家族よりもっと大事なものを持っておられたのかも」

「……ふむ」

「大切なものを守れずに永遠に失ってしまうことが、人間にとってはいちばんつらくて悲しいことだと思うから……」

敏生は、澄んだ瞳《ひとみ》で森を見た。

霞波《かなみ》を失ったときの森と河合《かわい》の心の痛みがどれほどのものだったか……。恋人と兄というそれぞれの立場は違えど、二人にとって霞波は、かけがえのない人だった。先月の事件を通して、敏生は、森と河合のむき出しの心に触れ、その傷の深さを心と体の両方で思い知ったのである。

「敏生……」

泣き出しそうな顔をした敏生の気持ちを正確に察した森は、手を伸ばし、栗色《くりいろ》の柔らかな髪を優しく撫《な》でてやった。それを見ていた司野は、心得顔で言った。

「なるほど。つまり、お前のことを傍目《はため》にも滑稽《こっけい》なほど大切にしている天本は、拐《かどわか》されたお前を無事に取り戻し、守ることができて、現在この上なく幸福なわけだな」

「え……」

「……な、な、な、何を唐突に」

司野のまんざら冗談でも皮肉でもない台詞《せりふ》に、敏生はたちまち顔を真っ赤にし、森は狼《ろう》狽《ばい》して眦《まなじり》を吊《つ》り上《あ》げる。龍村ひとりが声をあげて笑い、膝《ひざ》を打った。

「はっはっは！　そりゃいい。人間の幸せを体現している男が目の前にいたって奴《やつ》だな、天本よ」

「……うるさい」

森は恨めしげに龍村を睨《にら》む。だが、龍村は、真顔に戻って、敏生の頭を大きな手でポンと叩《たた》いた。

「そして、君もよく無事で戻ってくれた、琴平君。君に万一のことがあれば、天本は今頃生きちゃいなかっただろう」

「龍村先生……」

龍村の言葉に、敏生は鳶色《とびいろ》の目を潤ませる。龍村は、仁王《におう》の眼《まなこ》を優しく和ませて言葉を継いだ。

「君だって、立派な幸せ者なんだぜ、琴平君。君は天本のもとに生きて帰って、つらいモルヒネの禁断症状を乗りきってくれた。そうすることで、君は天本の魂を守れたんだからな」

「そんな……」

敏生は、恥じらいに目を伏せる。龍村は、おどけた口調で言い添えた。

「ああ、もっとも、君にとって天本がいちばん大切なものならだがな」

「そ、そんなの、当たり前じゃないですか！　天本さんより大事なものなんて……あ……も、もう。やだなあ、龍村先生ってば」

売り言葉に買い言葉とはいえ、司野の面前で愛の告白を大声でぶちかましてしまったことに気づき、敏生の顔は赤くなったり青くなったりする。

「龍村さん……いい加減にしろよ、あんた」

「いやはや、これはまったくご馳走《ちそう》さまだな。僕も、幸せのお裾分《すそわ》けに預かりたいもんだ」

刃物のように鋭い目を怒《いか》らせて睨《にら》む森を恐れる様子もなく、龍村はさも愉快そうに笑う。その屈託のない笑顔につられて、森も敏生も笑い出してしまった。

「……やれやれ。俺の周囲の人間どもは、やたらと幸せになることになっているらしい」

司野は、そんな三人を見やって呆《あき》れ顔《がお》で呟《つぶや》くと、湯飲みに半分ほど残っていた酒を、一息に飲み干したのだった……。

＊　　＊

翌朝、森と敏生、それに龍村は、揃《そろ》って宿を出た。

昨夜《ゆうべ》の宣言どおり、司野は龍笛《りゅうてき》を森に託し、自分は宿で待つと言った。どうやら、温泉周囲に散在する雑霊《ざつれい》の溜《た》まりは、司野にとってもいい猟場……あるいは食卓であるらしく、商談が終わっても、しばらく彼《か》の地でのんびりすることにしたようだった。

結局、司野の部屋で、一升瓶がすっかり空になるまで……すなわち午前二時過ぎまで酒盛りをしてしまったので、三人してかなりの睡眠不足である。下呂《げろ》駅から高山に向かう列車に乗り込むなり、敏生は森の肩にもたれて寝息を立て始めた。

その寝顔を覗《のぞ》き込《こ》み、龍村はほろりと笑う。

「幸せそうに寝てるな。まったく琴平君にとっちゃ、お前がいちばんの良薬らしい」

森は、自分も充血して腫《は》れぼったい目で敏生を見て、薄く微笑する。龍村は、敏生を起こさないように抑えた声で言った。

「時々電話で話しちゃいるが、この目で琴平君の回復ぶりを確かめたいと思っていたんだ。安心したよ。ずいぶん血色がよくなったし、表情も以前と同じように豊かになったな」

「ああ。あんたのおかげだよ、龍村さん。……本当にありがとう」

「おいおい。朝っぱらから、そんな堅苦しい礼なんぞ言うな。せっかくもぎ取った休日なんだ、雨が降りでもしたらたまらん」

龍村はくすぐったそうに森の感謝の言葉を受け流し、がっしりした肩をそびやかした。

「それより、特に問題はないか？　見たところ元気そうになったが、あれ以来禁断症状は出ないか？」

森は小さく頷《うなず》き、低い声で答えた。

「そうだな、禁断症状はすっかり影を潜めたようだ。時々、悪夢にはうなされるようだが。監禁されたときのショックや恐怖が、心の中に根強く残っているんだろうな」

龍村も、「ふうむ」と唸《うな》った。

「無理もない。琴平君には苛酷《かこく》な体験だったからな。だったら、相変わらず夜中にお前のベッドに潜り込んでやり過ごしているのか？」

「……どうしてそんな余計なことを知っているんだ、あんたは」

目元に照れを滲《にじ》ませ、森は龍村を軽く睨《にら》んだが、すぐに視線を傍《かたわ》らの敏生に向けた。

「まあいい。実のところ、最近は俺のベッドの稼働率《かどうりつ》は下がっているよ」

「ほう？」

「雑霊《ざつれい》を喰《く》いに行くとき以外、敏生のそばから離れない奴《やつ》がいるからな……そこに」

森の視線の先……敏生のジーンズの腰には、小さな羊人形が揺れている。人形の中にいるのにいないふりを決め込む小一郎《こいちろう》に、龍村は「なるほど」と大きな口を引き伸ばして笑みを浮かべた。

「琴平君にとっては心強い限りだろう。……それにしても、よく無事でいてくれたな、小一郎。相変わらず僕のことは苦手らしいが、僕だって、お前が生きていると天本から聞かされたときは、ホッとしてちょっと泣いたんだぜ？　そうつれなくするなよ」

——……………。

ぱたん。

頑《かたく》なに無言を通す羊人形の、右の前足だけがわずかに上がり、柔らかな自分の腹部を叩《たた》く。不器用な式神《しきがみ》の、感謝とも「黙れ」という抗議ともとれるアクションに、龍村と森は笑みを含んだ視線を交わしたのだった。

一時間足らずで、列車はＪＲ高山駅に到着した。

短い時間とはいえ、仮眠で幾分体力を回復できたのだろう。敏生も、森と龍村についいて、元気に駅舎を出る。

早川がＦＡＸ《ファックス》で教えてよこした職人の工房は、駅から徒歩で行ける下二之町《しもにのまち》にあった。

整然と家が並ぶクラシックな雰囲気の通りを歩いていくと、「水無月《みなづき》工房」と無造作に墨書きされた表札ほどの小さな木片を掲げた小さな木造二階建ての家があった。

「ここだ」

森は、FAX《ファックス》されてきた地図に書かれた工房名と、表札を見比べて頷《うなず》いた。どこを探しても玄関に呼び鈴がないので、森は仕方なく、木の引き戸に塡《は》め込《こ》まれた曇りガラスを軽くノックした。

しかし、ガラスの向こうは暗く静まりかえっていて、返事はない。不安げに顔を見合わせる龍村と敏生をよそに、森は根気強く何度かノックを繰り返した。

『……はあい』

五度目のノックで、ようやく小さな声が家の奥のほうから微《かす》かに聞こえてきた。高くて細いが、確かに男の声である。

「今日、午前に伺うお約束をしていた者です」

森は、ガラスに顔を近づけ、低いがよく通る声で言った。

『ああ、ちょっと待ってくださいよ』

とんとんとゆっくりと足音が聞こえてきた。やがて、足音がサンダルを履いたような音に変わり、引き戸ががらりと開いた。

三人の目の前に現れたのは、まだ高校生と言われても納得してしまいそうな若い男だった。

「はいはい、おはようございます。どちら様？」

敏生よりほんの少し背が高いだけの小柄な体を藍染《あいぞめ》の作務衣《さむえ》に包んだ青年は、流暢《りゅうちょう》な日本語を喋《しゃべ》っている。だが、その顔立ちは、どこから見ても白人のそれだった。頭に巻いたタオルからほんの少しはみ出した髪は見事な赤毛で、雪のように白い顔に緑色の瞳《ひとみ》が印象的である。

思わず、三人は揃《そろ》って呆然《ぼうぜん》としてしまった。だが、おそらく今時はやりのパターンで、外国人が職人修業に来ているのだろうと推測した森は、軽く頭を下げて、慇懃《いんぎん》に言った。

「龍笛《りゅうてき》の修理をお願いしに伺った天本です。水無月馨《かおる》さんにお目にかかりたいのですが」

「はい、早川さんのご紹介ですよね。伺ってます。水無月にも、もうお目にかかってますよ」

とぼけた返事をして、青年はにこっと笑った。森は、驚きの目を見張る。

「あ……あなたが、水無月さん、ですか？」

「ええ、そうですよ。僕が、水無月馨です」

自身も白人と日本人の混血である森だが、目の前の青年は混血どころではなく、完璧《かんぺき》な白人の外見をしている。森自身も、龍村と敏生も、あまりに予想外の展開に、すっかり度肝を抜かれてしまった。

そんなふうに奇異の目を向けられ、驚かれることには慣れっこなのだろう。水無月馨と名乗る白人青年は、気を悪くした様子もなく、一歩脇《わき》に寄って、家の中を指し示した。

「立ち話も何ですから、中へどうぞ」

自分の不作法を恥じるように、森は小さく咳払《せきばら》いして、もう一度頭を下げた。

「……では、お邪魔します。連れも一緒でかまいませんか？」

「ええ、どうぞ。散らかってますけどね」

そこで三人は、まだ軽く混乱したまま、工房の中に入った。狭い土間から家に上がると、意外に奥行きのある一階部分はまるまる作業場になっていた。板張りのスペースに、見たことのない器具や、作りかけの楽器、それに修理を待っている楽器が所狭しと置かれている。

馨は、適当に道具を片づけてスペースを作ると、そこに座布団《ざぶとん》を並べて森たちに勧めた。そして、ストーブの上でしゅんしゅん湯気を立てていたヤカンの湯で茶を煎《い》れながら、三人の顔を見比べて言った。

「早川さんからは、何も聞いてないですか？」

三人を代表して、森が答える。

「ええ。何しろ急なことでしたので。……その……雅楽器の製造と修理を手がける、腕のいい職人だとだけお聞きしてきました」

「それなのに、わざわざ来てみたら、外国人の若いのが出てきてびっくりでしょう」

「あ……いや、それは」

「いいんですよ。皆さんそうですから。普通は、職人っていえば、塩辛いオヤジを想像しますよね。お茶どうぞ。ああ、今日はお茶請けもあったっけ。飛驒《ひだ》の駄菓子でね、げんこつっていうんですよ。つまんでください」

三人にお茶と駄菓子を勧めながら、馨は極めて簡潔に自分の身の上を語った。

「僕の実の両親はフランス人です。父とは赤ん坊のときに死別して、顔すら覚えていません。母はルーブル美術館で事務職をしていて、そこで知り合ったのが、僕の今の父……水無月景太郎《けいたろう》でした。継父《ちち》は雅楽器の職人で、ルーブル所蔵の日本の古い楽器の修繕を依頼され、パリに滞在していたのです。やがて二人は結婚し、継父が帰国するとき、母は僕を連れて日本に渡りました。僕の馨って名前は、日本に帰化したとき、新しい父がつけてくれたものなんです。自分で言うのも何ですけど、綺麗《きれい》な名前だから気に入ってます」

「……なるほど」

龍村も敏生も、出された駄菓子を頰張《ほおば》りながら頷《うなず》く。青年は、さばさばした口調で話を続けた。

「この国に来たとき、僕はまだ三歳でした。母は、日本の新しい家族やこの古い町に自分たち母子が早く溶け込むようにとフランス語を封印し、必死で日本語を勉強したんです。

おかげで、僕は日本語しか喋《しゃべ》れない『変なガイジン』になってしまいました。しかも、この見てくれのせいで幼稚園でも小学校でも虐《いじ》めにあって、あっという間に不登校になってしまって」

ちょっと寂しげに微笑《ほほえ》んで、青年は緑色の瞳《ひとみ》で工房の中をぐるりと見回す。

「学校に行けない僕は、この工房で日がな一日過ごし、父の仕事を見て育ちました。そのうち……不思議なことが起こりました。工房のあちこちから、声が聞こえるんです」

「声が？」

きなこの味がする、なかなか口の中からなくならない駄菓子と格闘していた敏生は、馨の言葉にびっくりして問い返した。馨は、にこにこして、傍《かたわ》らの笙《しょう》を手に取った。

「作業場には父しかいないはずなのに、いろんな人の声がする。父にそう言うと、彼はとても驚いて……喜びました。それは、古い楽器たちに残された、今は亡《な》き持ち主たちの想《おも》い……あるいは、年を経て魂を得た楽器たち自身の声なんだと、父は教えてくれました。父にも、楽器の声が聞こえていたんです」

飴色《あめいろ》の美しい煤竹《すすたけ》で出来た笙を優しく撫《な》でながら、馨は言った。

「父と僕には血の繋《つな》がりはありませんが、楽器の声を聞く才能を持ち合わせているという点で、僕らは誰よりも近く、そして強く結ばれていました。父は僕に、雅楽器の作り方や修繕方法を……つまり、楽器と語らうすべを、少しずつ教えてくれました。……ですから僕は、正直言って学はありませんが、腕のほうはちょっとしたものですよ。こんななりですし、年だってまだ二十三ですから、説得力はないでしょうけどね」

森は、探るように馨の若々しい顔を見た。

「それで、お父さんは？」

「父は、三年前に引退しました。パーキンソン病を患《わずら》って、満足に手が動かなくなったんです。昔から、隠居したら南国に住みたいと言ってましたから、母と二人で、宮古島《みやこじま》に移住してしまいました。ここは、僕ひとりでやってます。高山祭の時季はさすがに忙しいですけど、祭りも終わって、今はのんびりしたもんです」

白人独特の彫りの深い造作なのに、どこかこけしを思わせる静かな面差しの青年は、笙《しょう》を置いて三人の顔をぐるりと見渡した。

「それで？　早川さんのご紹介ってことは、皆さん術者なんですか？」

それを聞いて、龍村は慌てて両手を振った。

「いや、僕はしがない医者ですよ。休暇ついでに、こいつらにくっついてきただけで」

「へえ。お医者さん。じゃあ、後のお二人は術者？」

森は頷《うなず》き、敏生と龍村を紹介した。

「こちらは、俺の助手の琴平敏生。そっちが、友人の龍村です。……俺は霊障《れいしょう》解決を生業《なりわい》にしていますが、あなたもやはり……？」

森の問いに、馨は微妙に首を傾《かし》げた。

「僕は、術者じゃありません。早川さんは『協力者』って呼んでました。そんな存在らしいですよ。だって僕には、妖《あやか》しとか何とかを退治することなんてできないです。ただの楽器職人ですからね」

「では、何を？」

「楽器の声を聞くだけです。何かを訴えている楽器の声を聞いて、持ち主なり術者さんなりに、楽器の望みを伝える……それが僕の仕事です。あるいは、話を聞いてやるだけで、おとなしくなる楽器もいますしね。……早川さんは物好きだから、話のタネに、僕を『協力者』とやらにスカウトしたんじゃないかなあ。僕に持ち込まれる仕事は、全然エキサイティングじゃないですよ」

「……はあ」

あっけらかんと話す馨に、さすがの森も返す言葉を失う。馨は、どっこいしょと円い座《ざ》布団《ぶとん》の上で正座し直し、森に言った。

「そんなわけなんで、僕でよろしければ、そろそろ仕事にかかりましょうか。早川さんがまわしてくる仕事だから、きっとただの楽器じゃないんでしょう？」

それを聞いて、森は大事に膝《ひざ》の上にのせていた龍笛《りゅうてき》を、風呂敷《ふろしき》に包んだまま馨に差し出した。

「拝見します」

両手で包みを受け取った馨の顔から、さっきまでの穏やかな笑みが消えた。静かに息を吐き、背筋をピンと伸ばして、丁寧に風呂敷包みを解いていく。次第に張り詰めていく空気に、龍村と敏生も、固唾《かたず》を呑《の》んでことの成り行きを見守った。

ほどなく、司野の亡《な》き主人、辰巳辰冬愛用の龍笛《りゅうてき》が姿を現す。馨は、両手で笛の表面を優しく撫《な》でながら、笛のほうに上半身を屈《かが》める。笛の「声」に耳を傾けているのだろう。三人は、ただ待つしかなかった。

数分後、ようやく顔を上げた馨の表情は厳しかった。彼は、どこか咎《とが》めるような調子で、森に訊《たず》ねた。

「早川さんは、とりあえず音が出るようにしてくれと仰《おっしゃ》ってましたけど」

森は頷《うなず》く。

「ええ。そのとおりです」

「ええと、吹くのはあなたですか？　それとも、お二人のうちのどちらか？」

「いえ。ここには来ていない人物が。……その笛の歴代の持ち主のひとりに縁のある者で、現在のこの笛の持ち主でもあります」

馨は赤い眉《まゆ》を顰《ひそ》め、困惑の面持ちで笛の表面を指先でなぞった。森は、静かに問いかける。

「何か？　修繕は難しいのですか？」

　馨はゆっくりと頭を振った。

「いや……。これ、鳴らして大丈夫なのかなあと思って」

　敏生は、ゴソゴソと森のそばに移動し、馨の手元にある笛を覗《のぞ》き込《こ》んだ。自分も昨夜《ゆうべ》、龍笛《りゅうてき》から女の負の念を感じ取っただけに、馨の反応が気になるのだろう。

「それって、どういうことですか？」

　馨は、まつげの長い緑色の目で、敏生の鳶色《とびいろ》の瞳《ひとみ》をまっすぐに見た。

「何だか物騒なものが入ってるみたいだよ。……君もこの笛の声、聞いたんでしょう？　ちょっと君の気配が残ってる」

「うわ……は、はい。聞いたっていうか、読んだっていうか……」

　自分の行為まで的確に見透かされて、敏生は内心舌を巻く。馨は、森を見て言った。

「じゃあ、ちょっと怖い感じの女の人の念が残ってるの、知ってて修繕を依頼してるんですね？」

「……わ……この人も、僕や司野さんと同じ念を感じてますよ、天本さん」

　敏生は、森に囁《ささや》く。森は頷《うなず》き、きっぱりと言った。

「了解しています。……その龍笛の現在の持ち主は、あなたが危惧《きぐ》している女の念を祓《はら》うため、龍笛の修繕を望んでいる」

「……祓《はら》うってことは、持ち主さんも術者？」

「そのようなものです」

森の言葉に、馨は、うーんと唸《うな》った。いかにも繊細そうな白い指先が、龍笛の吹口のひび割れから、五芒星《ごぼうせい》の模様をなぞる。

「なるほど。ちょっと見でも、普通の笛じゃないことはわかりますよ。……これ、恐ろしく古い笛でしょう。この星のマークも、何かのおまじないなんだろうな。不思議な力を感じる。何人もの職人さんが手を入れてるし、たくさんの持ち主さんたちのいろんな想《おも》いが溶け合って宿ってる感じ。……だけど……いや、うん、いいや。術者の人たちがちゃんとわかってるなら、僕が心配することはないか」

最後のほうはぶつぶつと独り言を言いながら、馨はようやく納得したように頷《うなず》いた。

「この笛、最近はあんまりいいコンディションで管理されてなかったみたいですね。きちんと修繕するにはちょっと時間がかかります」

森はそれを聞いて、表情を曇らせた。森たちは少々時間がかかってもかまわないが、おそらく司野は、それほど辛抱強く待ちはしないだろう。森の表情から、だいたいの状況を察したのか、馨はこう言った。

「とにかく、音を出してみたいんですよね？　じゃあ、こうしましょう。大至急、この吹口の筒割れだけを修繕します。けれどそれはあくまで応急処置ですから、その……あなたたちの『仕事』が終わったら、必ずまた持ってきてください。いい笛ですから、きちんと修繕してやりたいですし」

「そうしていただければ助かります」

「それでも、一、二日はもらわなきゃいけないんですけどね。出来上がったら連絡しますよ。携帯の番号でも教えておいてもらえますか」

森は、名刺の裏に自分の携帯電話の番号を書き付け、罄に手渡した。そして、早速仕事にかかるという罄に別れを告げ、三人は工房の外に出た。


時刻は昼過ぎになっていた。観光エリアに向けて歩きながら、龍村は綺麗《きれい》に剃《そ》り上《あ》げた四角い顎《あご》を撫《な》でて言った。

「それにしても驚いたな。金髪碧眼《きんぱつへきがん》ならぬ、赤毛にエメラルドの瞳《ひとみ》の若き職人とは」

森も、笛を手放してどこか手持《ても》ち無沙汰《ぶさた》な様子で頷《うなず》いた。

「まったくだ。世界は意外性に満ちているというのは、このことだな。……しかし……」

「あの人も、笛に残ってる女の人の念のこと、気にしてましたね」

敏生は、憂い顔で呟《つぶや》いた。森も、浮かない顔で肩を竦《すく》める。

「そうだな。やはり……あの笛には、厄介な女が憑《つ》いているらしい。笛が応急処置を受けて奏《かな》でられるようになったとして……司野が言うように、本当に演奏によって笛に力を与えて、すんなり女の念を取り除くことができるかどうか」

「司野さんの腕を疑うわけじゃないですけど、ちょっと心配ですよね」

「ああ。……まあ、俺をひよっこ術者呼ばわりする奴《やつ》だ。実力のほどを見せてもらうさ」

森の憎まれ口に、敏生は呆《あき》れ顔《がお》になった。

「あー。天本さんってば、司野さんにひよっこって言われたこと、しつこく根に持ってるんだ」

「当たり前だろう」

「もう。天本さんは、変なところで子供みたいなんだから」

「君まで俺を子供扱いする気か？」

「こら、待てよお前たち」

二人のやりとりを聞いていた龍村は、苦笑いで口を挟んだ。

「ラブラブな痴話げんかはまことに結構だが、肝心なことを忘れちゃいないか？　お前たちはここに、琴平君の静養のために来たんだぞ」

「……あ……」

「う……それは」

森と敏生は、すっかり忘れていた本来の旅行の目的を突きつけられ、気恥ずかしそうに口ごもる。龍村は、いかにも医者らしい口ぶりで言った。

「まあ、肩慣らしくらいはかまわんだろうが、あまり本格的に首をつっこむなよ。特に、祓《はら》いやら何やらにはな。何しろ、琴平君はまだまだ休養が必要な状態なんだから」

「……すいません」

「すまん。つい、興味の赴くままに行動してしまった。……これでは保護者失格だな」

森は珍しいほど素直に反省し、敏生はしゅんとして、小さな肩をさらにすぼめる。龍村は、慰めるように敏生の頭をグローブのような無骨な手で撫《な》でてやった。

「まあ、我を忘れて張り切るのは、元気になってきた証拠だ。ただ、もうしばらく油断は禁物ってことさ。……そういうわけだから、ここからは静養中の人間らしいことをしようぜ、天本」

「静養中の人間らしいこと、とはいったい？」

龍村は、胸を張って答えた。

「もちろん、旨《うま》い飯を食って栄養をつけ、のんびり観光するのさ。実は、以前に学会でここに来たことがあってな。そのとき、現地の法医学会員に教えてもらった旨い店がある。漬物ステーキなんて、さすがの君も食ったことがないだろう、琴平君」

「漬物ステーキ？　何ですかそれ」

「まさしく焼いた漬物を卵とじにしたもんだ。なかなかの味なんだぜ。それに、チキンカツがのけぞるほど大きくて旨い。食ってみたいだろ？」

「凄《すご》く！　チキンカツ大好き！」

ことが食べ物に関しては、敏生の反応は極めて素早い。龍村は、可笑《おか》しそうに笑いながら、こちらは対照的に渋い顔の旧友を見やった。

「どうだ、天本」

「遊びすぎて、かえって敏生を疲労困憊《ひろうこんぱい》させないでくれよ、龍村さん。あんただって、明日から仕事に戻るんだろう？　張り切るのもほどほどにな」

「へいへい。相変わらずママは口うるさいな、琴平君」

「心配、かけてますから」

龍村の軽口に、敏生は笑顔で、しかしどこかしんみりした口調で言った。そんなふうに言われてしまっては、森もそれ以上小言を重ねるわけにはいかない。

「……疲れたら、無理せずに言えよ」

「はいっ」

それでもまだ少し心配そうな森の言葉に、敏生はにっこり笑って頷《うなず》いたのだった。

そんなわけで、三人は、龍村おすすめの居酒屋で昼食を摂《と》った。そして、そこで十分に休憩してから、龍村いわくの「観光」をすべく、街の中心部に向かった。

かつての「お白州《しらす》」があった高山陣屋《たかやまじんや》や、昔ながらの町並みを残し、そこにたくさんの店が並ぶ上三之町《かみさんのまち》といったいわゆるおきまりの観光スポットをまわった後、彼らは敏生の希望で、町はずれにある「飛騨の里」に向かった。町はずれといっても、タクシーで十分ほどの距離にある施設である。

「飛騨の里」の入り口を通り抜けてまず目に入るのは、大きな池だった。そこから山肌に沿って、それぞれもとあった場所から移築された合掌造りの大きな家や、飛騨の伝統的な住宅が点在している。住宅の中には、昔の農機具や養蚕設備が展示されているらしかった。

「うわあ。合掌造りの家、見てみたかったんです。綺麗《きれい》だなあ。あの、しばらく絵を描《か》いててもいいですか？」

「ああ、いいよ。俺と龍村さんは適当にあちこち見てまわっているから、心ゆくまで絵を描くといい。ただし、あまり体を冷やすなよ」

「はーい」

早速池の前のベンチに陣取り、敏生はスケッチブックを広げる。じっと見ていては邪魔になるだろうと、森と龍村は池の周囲をぐるりと巡り、合掌造りのひときわ大きな住居へと向かった。

シャッ……シャッ……。

平日だけあって、施設内にはあまり観光客がいない。静かな空間に、鉛筆が紙の上を滑る音が響いた。敏生は誰に邪魔されることもなく、池の畔《ほとり》にある水車小屋と、そこでのんびりくつろぐ一羽の白鳥を黙々とスケッチしていた。

「ふー……こんな感じかな」

大まかなデッサンを終えたところで、敏生は鉛筆を置き、強張《こわば》った首筋をほぐした。

四月下旬とはいえ、高山にはまだ春の指先が届いていない。気温はかなり低く、じっと座り続けていたので、足の裏が凍えてじんじんした。敏生は、冷えた両の手のひらを擦《こす》り合《あ》わせて温めながら、池の向こう側に立ち並ぶ古い家々を眺めた。ふと気づくと、遠くの家の縁側に、森と龍村が並んで腰掛けているのが見える。二人の表情まではわからなかったが、おそらく昔話に花を咲かせているのだろう。

(龍村先生、せっかく一日お休みなんだから、のんびり過ごしてほしいな。天本さんも……いろんなことでいっぱい悩んで苦しんで、僕なんかよりずっと疲れてるはずだから、この旅行でゆっくり休んでほしいんだけどな。でも、ここに来ても、僕の心配ばっかりしてるし……)

そんなことを思いながら、酷使した目を山の緑で休めていた敏生は、ふと背筋に寒いものを感じて身震いした。

「……え……?」

得体の知れない禍々《まがまが》しい気配を感じたような気がして周囲を見回すが、怪しいものの気配はない。

——如何《いかが》した？

腰にぶら下げた羊人形から、小一郎の声がした。敏生は、首を傾《かし》げて呟《つぶや》く。

「うーん。今、急にゾクッとしたんだけど……小一郎、何も感じなかった？」

——別段、何も感じなんだが。妖《あやか》しの気配か？

「いや……よくわかんない。ほんの一瞬、何かがいたような気がしただけだから。ごめん、気のせいかもしれないや。今はもう何も感じないし」

敏生は、自分の腿《もも》に両前足を掛けている羊人形の頭を、指先でちょいと撫《な》でて言った。

しばらく周囲の気配を探ってから、小一郎も言った。

——うむ。俺にしても、まだ以前の妖力《ようりょく》が戻っておらぬゆえ断言はできぬが、周囲に妖しの気は感じぬな。お前、もしや体が芯《しん》まで冷えてしまうたのではないか？

「ああ、そうかも。日差しが暖かいから油断したかな。そろそろ切り上げたほうがいいみたい」

——そうしろ。主殿《あるじどの》と龍村どのも、暇を持て余しておいでであろうが。

「たぶんね。二人のところへ行って、龍村先生が帰らなきゃいけない時間まで、どっかで熱いお茶でも飲もうって言おう」

——うむ。それがよかろう。

「小一郎も、早く妖力《ようりょく》を取り戻して、人間の姿になれるようになってね。小一郎と一緒にお茶飲んだりお菓子食べたり、天本さんのご飯をつまみ食いしたりできないの、つまんないよ」

——この大うつけめが！　俺はお前と飲み食いするために、妖力を蓄えておるのではないわ！

「あはは、それはわかってるけど、でも、小一郎だって嫌じゃないでしょう、つまみ食い」

——それは……まあ……な。と、ともかく！　もう絵を描《か》かぬのなら、速やかに次の行動に移るがよい！

「わかってるってば。妖力が戻りきってなくても、小一郎はやっぱり怒りん坊だなあ」

煙たそうに不平を言っても、敏生の声には喜びが滲《にじ》んでいる。早く行けと言葉で催促する代わりに、小一郎は柔らかな前足で、敏生の足をジーンズ越しにぺしりと叩《たた》いた。

「よしっ。体を温めがてら、天本さんと龍村先生のところまで走っていこう。揺れるから、ちゃんとどこかに摑《つか》まっててよ、小一郎」

そう言うなり、敏生はスケッチブックを小脇《こわき》に抱え、軽やかな足取りで駆け出した……。

四章　古いレコードのように

夕方、森《しん》と敏生《としき》、それに龍村《たつむら》は名古屋《なごや》行きの列車に乗り込んだ。下呂《げろ》駅で、神戸《こうべ》に戻る龍村に別れを告げ、森と敏生だけが下車する。

「辰巳《たつみ》さんによろしく伝えてくれ。言うだけ無駄な気はするが、くれぐれも無茶をしないようにな。……何かあったら、必ず連絡しろ」

龍村はそう言って、頼もしい笑顔で手を振った。森と敏生は、列車が線路の果てに消えるまで見送り、それからタクシーで宿に戻った。

陽気で賑《にぎ》やかな龍村がいなくなると、急に寂しくなる。一日出歩いた疲れも手伝い、車内では、二人とも酷《ひど》く無口だった。

宿に戻ると、森はすぐ司野《しの》の部屋に電話をかけた。高山《たかやま》での、水無月《みなづき》馨《かおる》とのやりとりを報告するつもりだった。だが、司野は外出しているらしく、応答はなかった。

「人間でもあるまいし、電話の音にも気づかないほど熟睡しているわけではないだろう。どこかへ出かけてしまっているようだな」

受話器を置いた森に、敏生はジャンパーを脱いで椅子《いす》の背に引っかけながら、不思議そうに言った。

「そうですね。龍笛《りゅうてき》の修理が終わるまでちょっと時間がかかるから、急ぎませんもんね。でも、ここでゆっくりするって言ってたのに、司野さん。どこにお出かけしちゃったのかな」

「さあな。まあ、そのうち帰ってくるだろう。フロントに伝言を残しておくよ」

森はそう言って、再び受話器を取り上げる。そのとき、扉をノックする音が聞こえたので、敏生は立っていって扉を開けた。

「はいはい、司野さ……？　じゃなかった。ええと……天本さん、ご飯みたいですよ」

どうやら、二人の帰りを待ちかまえていたらしい。そこに立っていたのは、夕餉《ゆうげ》の膳《ぜん》ののった大きな盆を抱えた部屋係の女性だった。

そこで二人はともかくも夕食を平らげ、温泉に入った。それでも司野は戻ってこず、とうとう午後九時を過ぎた頃、起きていようと頑張っていた敏生は、力尽きてテレビを見ながら寝入ってしまった。

森は敏生を布団《ふとん》に放《ほう》り込《こ》み、自分は窓際《まどぎわ》の椅子《いす》で本を読みながら、ひたすら待った。だが、日付が変わっても司野からの連絡はなかった。

午前二時を過ぎて、森はとうとう本を閉じた。目を閉じて、重い瞼《まぶた》を指先で揉《も》む。目の奥に、じんと痺《しび》れるような鈍い痛みがあった。

(久しぶりに一日じゅう出歩いたから、さすがに疲れた……)

ふと見れば、敏生が布団《ふとん》を跳ね散らかして大の字で熟睡している。

「まったく……。電池が切れる瞬間まで動き続ける癖だけは、直させなくてはな」

苦笑混じりに呟《つぶや》き、森は立ち上がった。幼い子供のような無防備さで気持ちよさそうに眠る敏生の布団を直してやり、枕元《まくらもと》にちょこんと座った羊人形に小さな声で話しかけた。

「俺が一緒にいるときは、そう必死で敏生に張り付かなくてもいい。雑霊《ざつれい》を喰《く》いに行ってこい」

――は……。有《あ》り難《がた》き幸せに存じまする。

「お前にも、早く元通りになってもらわないと困るからな。俺もそろそろ休む。朝まで、好きに過ごすがいい」

――御意《ぎょい》。

愛らしい羊人形から、寂《さ》びた式神《しきがみ》の声が、あくまで堅苦しく答える。

少し考えて「おやすみ」の挨拶《あいさつ》はせず、森はそのまま自分の布団に入った。闇《やみ》の中でじっと目を閉じていると、式神がそうっと羊人形を抜け出し、窓を通り抜けて夜空に飛び立つ気配が感じられる。

あの事件の後、小一郎《こいちろう》は前にもまして、敏生のそばから離れなくなった。まだ妖力《ようりょく》が戻りきらない今、以前のように敏生が窮地に陥ってから駆けつけたのではとても守りきれないと考えているのだろう。敏生のほうも、羊人形を肌身離さず身につけている。眠るときも人形を枕元《まくらもと》にきちんと座らせるのが、毎晩の習慣になっているようだった。

（やはり……父の襲撃を恐れているんだろうな。敏生も……小一郎でさえも）

森は寝返りを打ち、体ごと敏生のほうを向いた。闇《やみ》に慣れた目に、敏生の幼子のような寝顔が映る。

森とともにトマス・アマモトと戦うと宣言してからというもの、敏生は一度もトマスのことを話題にしない。森も敢《あ》えて父について語ることはしなかったが、一時たりとも父のことを忘れたことはなかった。

（戦うといっても……居場所すら突きとめられない父には、こちらから手を出すことができない。だが、受け身でいる限り、次は父が何を仕掛けてくるかと心のどこかで常に恐れながら生きていくことになる）

おそらくは、それが……森と敏生が自分の影に怯《おび》えて生きることが、父の狙《ねら》いの一つなのだろうと思う。常に自分の存在をちらつかせ、二人の心に自分に対する恐怖心を植え付けることが。

（そうすることで、父は戦わずして俺たちを打ち負かそうとしているんだ。……だが、

けっしてそんなことにはならない。もう昔の俺じゃない。あの人が敏生に執着する理由はまだはっきりとはわからないが、今度こそ……今度こそ、俺は屈しない)

——人間って、大切な何かに巡り合うことができて、それを守ることができたとき、いちばん幸せなんじゃないかなあって。

昨夜《ゆうべ》の敏生の言葉が、森の胸によみがえる。

かつて霞波《かなみ》を守れなかったことを、トマスは森を攻撃する材料にし続けてきた。

(確かに、霞波の死の責任は俺にある。……俺はそれを生涯忘れはしないし、彼女を守れなかったことをあがなうべくもない罪として、これからもずっと背負っていく。……だが、前に進むことを恐れるあまり、過去を悔やみ、自分の中に引きこもるのは、罪を怠惰の理由にする最低の行為だ)

愛する者を守りたい気持ちは一方通行ではないのだと、ほかならぬ敏生が教えてくれた。愛する者を守ることも、愛する者に守られることも等しく幸せの形なのだということを、今の森は知っている。

「父に対する恐怖心に、負けはしない。君が俺に、父とまっすぐに向き合う力を……勇気をくれるから」

森の呟《つぶや》きに応《こた》えるように、敏生の唇が小さく動く。微《かす》かに漏れる声が自分の名を呼んでいることに気づいたとき、森の胸は温かなもので満たされた。

「ここにいるよ。……安心しておやすみ」

布団《ふとん》の外に出た敏生の手をそっと握ってやり、森はようやく訪れた睡魔に身を委《ゆだ》ね、目を閉じた……。


結局、司野が姿を見せたのは、朝になってからだった。

「起きていたか。……龍村は去ったのか。で、首尾はどうだった」

朝食を食べていた二人の部屋にずかずかと入ってきた司野は、畳の上にどっかと座った。もとより食欲のない森は、味噌汁《みそしる》の椀《わん》をテーブルに置き、咎《とが》めるような視線を司野に向けた。

「その首尾をいち早く教えようと思っていたのに、長い外出だったようだな」

今朝も朴葉《ほおば》みそでもりもりとご飯を平らげていた敏生は、困ったような笑顔で口を開いた。

「もう、天本さん。朝の挨拶《あいさつ》が抜けてますよ。おはようございます、司野さん。昨日は、司野さんもお出かけだったんですか？」

「ああ」

こちらも朝の挨拶は百パーセント省略し、司野は無遠慮に森のサラダからトマトをつまみ上げ、頬張《ほおば》った。

「日が落ちてから山のあちこちを歩いて、雑霊《ざつれい》の溜《た》まりを喰《く》らってきた。龍笛《りゅうてき》に力を与えるには、奏者に力がなくては始まらんからな。朝方まで雑霊を喰らって、久々に飽食した」

「……え……？」

その言葉に、森はギョッとして動きを止めた。

「へえ。じゃあ、いっぱい食べて栄養補給して、体力マックスになったんですね。……あれ、天本さん？　どうしたんですか……？」

森は、なんとも微妙な顔をして、低い声でボソリと言った。

「いや……。その、昨日の夜、君が寝付いた後……小一郎に雑霊を喰ってこいと言って外に出したんだが……」

「え？」

森の焦《あせ》りの理由がわからず、敏生はきょとんとする。司野は、ニヤリと底意地の悪い笑みを浮かべた。

「そういえば、雑霊だけでなく、うろうろしていた間抜けな妖魔《ようま》も何匹か捕らえて喰らってやった。おかげで、効率よく妖力を補給することができたな」

「それって……と、と、共食い……？」

「妖魔の世界は、弱肉強食だ。己より弱い妖魔に行き会えば、捕らえて喰うのは当然だろう」

「え……ええええっ……。喰《く》らうって……小一郎、外に出したって……ま、まさか……！」

敏生はそこで初めて顔色を変え、箸《はし》を放《ほう》り投《な》げた。まろぶように、床の間に座らせた羊人形に駆け寄る。今朝は、宿の従業員が布団《ふとん》を上げに来たとき、森も敏生もまだぐっすり眠っていて、慌てて起き出した。その後すぐに朝食が運ばれてきたので、羊人形の中の小一郎と話す暇がなかったのだ。

「こ、こ、こ、小一郎ッ⁉　無事？　大丈夫？　司野さんに喰われちゃったりしてないよねッ⁉」

敏生に両手で力いっぱい握りしめられて、羊人形はバタバタと身もがいた。

──馬鹿者《ばかもの》ッ。俺が喰われるはずがなかろうが！　いちいち騒ぐでない！

頭に響いた式神《しきがみ》の怒鳴り声に、敏生はホッと胸を撫《な》で下《お》ろした。

「よかったあ……。無事だったんだね、小一郎。もう、司野さんが意地悪っぽい言い方するから、小一郎が喰われちゃったのかと思って、僕、心臓が止まりそうだったよ」

「……まったく。人騒がせな奴《やつ》だな、あんたは」

森は、自分も少々狼狽《ろうばい》したことを誤魔化《ごまか》すように、苦り顔で早口に言った。司野は唇を歪《ゆが》めて意地悪く笑いつつ、森の膳《ぜん》からあれこれとつまみ上げては頬張《ほおば》る。

「なるほど、あれはお前の式だったのか。どうりで、お前と小わっぱの匂《にお》いが鼻を掠《かす》めたと思った。間一髪のところで逃げられたが、危うく喰《く》ってしまうところだったぞ」

「……他人《ひと》の式神《しきがみ》を、勝手に喰らうな！　だいたい小一郎は……」

「わかっている。……何者かに妖力《ようりょく》を削《そ》がれたな？　それは……もしやあの男の仕業か？　掛け軸の取引現場に現れた、お前の父親とかいう化け物じみた男……」

司野は、短い時間とはいえ、トマスと会い、その人となりを知っている。そう推測するのも、無理もない話だった。森は、言葉少なにそれを否定する。

「いや……直接的に小一郎の力を奪ったのは、俺の父じゃない。……陰で糸を引いていたのはあの男だったが」

司野がトマスのことを言っていると気づき、敏生も、その手の中の羊人形も動きを止める。森は鋭い視線で、それ以上言うなと司野を牽制《けんせい》した。

司野にしても、いたずらに場の雰囲気を乱すことは望んでいないのだろう。セーターの肩を竦《すく》め、森と小一郎の痛いところを的確にチクリと刺してから、投げやりに話題を変えた。

「まあ、せっせと雑霊を喰わせて、早く妖力を取り戻すことだ。俺に喰われそうになるような式神では、小わっぱをあの男から守りきれんぞ。……それより、龍笛《りゅうてき》をどうした」

森は、視界の端に複雑な面持ちの敏生と憤慨してバタバタ暴れる羊人形を見つつ、ごく事務的な口調で、昨日の一連の出来事を語った。

それを聞きながら、敏生は、ふと昨日「飛騨《ひだ》の里《さと》」で感じた妙な気配のことを思い出す。敏生は、森たちの邪魔をしないように、羊人形に顔を寄せてひそひそ声で言った。

「ねえ、小一郎。昨日のあれ……べつに何でもなかったんだよね？　僕の気のせいだったんだよね？」

――断言はできぬがな……。しかしうつけよ、龍村どのも言うておられたであろう。お前はここに、静養すべく滞在しておるのだ。余計なことに気を回すでない。

「う……うん。それはそうなんだけど……」

――主殿《あるじどの》に余計な心配をおかけすることも、控えるべきであろう。

主の身の上を案じる小一郎の言葉に、敏生はこくりと頷《うなず》いた。

「そっか……。そうだね。司野さんがいるんだもの、僕らが心配する必要なんてないよね。ひよっこどもが僭越《せんえつ》だーって怒られそう」

――ああ。あ奴《やつ》、ろくでもない妖魔《ようま》だ。俺が主殿の式だと気づいた後も、面白半分に追いかけ回してきたぞ。……おのれ、一刻も早く妖力を取り戻し、あ奴に必ずや一矢報いてやる。

「うわー……、司野さんに虐《いじ》められたんだ、小一郎。可哀相《かわいそう》に。何か、妖魔の世界って小学校みたい。司野さんって、きっとガキ大将タイプだよね」

敏生は呆《あき》れたようにそう呟《つぶや》き、司野から小一郎を守るように、羊人形をジーンズのベルト通しにぶら下げてから朝食の席に戻った。卓上コンロの火はとうに消え、せっかくの朴《ほお》葉《ば》みそは、少し焦げ付いた状態で冷えてしまっている。それをおかずにご飯を頬《ほお》張《ば》りながら、敏生は森と司野のやりとりを見守った。

「ふむ……。ということは、早ければ今日、龍《りゅう》笛《てき》のとりあえずの修理が終わるわけだな」

「ああ。応急修理が終わったら、俺の携帯に電話をしてくれるように頼んである。連絡を受け次第、敏生と二人で受け取りに行くさ。……使い差しでかまわないなら、俺の箸《はし》を使え。中世ヨーロッパでもあるまいに」

森は渋い顔をして、手づかみで自分の朝食を荒らしている司野に、箸を差し出した。司野は素直に箸を受け取り、しかししっかり逆さまにして、身の厚い焼《や》き鮭《ざけ》を取り上げた。

「雑《ざつ》霊《れい》をたらふく喰《く》ってきたというわりに、食欲旺《おう》盛《せい》だな。自分の部屋でも、朝飯は出たんだろう？」

大きな鮭の切り身を一口で頬張り、司野は常識を語るように尊大な口調で答えた。

「むろんだ。人間の食い物など、雑霊に比べれば菓子くらいにしか腹の足しにならん。だが、食えるときに食っておくのが術者の心得というものだ。お前も、小わっぱを見習って、出てきた飯は残さず食うがいい」

「……心がけよう」

いかにもやる気のない返事をして、森は愛《あい》想《そ》程度に、爪《つま》楊《よう》枝《じ》で梅干しを突き刺し、口に放《ほう》り込《こ》む。敏生はそれを見てクスクス笑いながら、こう言った。

「憑《つ》き物落《ものお》としをしなきゃいけないんだから、こんな呑気《のんき》なこと言っちゃいけないんでしょうけど……でも、司野さんの笛を聴くの、僕、凄《すご》く楽しみです」

司野は鮭《さけ》を飲み下し、次の獲物を物色しながら、素っ気なく答えた。

「昨夜《ゆうべ》も言ったが、俺は主《あるじ》より手ほどきを受けたにすぎん。けっして、龍笛《りゅうてき》の名手というわけではないぞ」

それでも、敏生は頭を振って言った。

「雅楽なんて聴いたことないから、上手下手は僕にはよくわかんないです。だけど、司野さん、元佑《もとすけ》さんの前で吹いたことがあるんでしょう？　元佑さんも、同じ司野さんの笛を聴いたんだなあって思うと、何だかそれだけでドキドキしてきちゃって」

どうやら、次の目標を定めたらしい。司野は、森の茶碗《ちゃわん》にてんこ盛りに白飯をよそい、朴葉《ほおば》みそをどっさりのせながら頷《うなず》いた。

「それこそ数えきれぬほど、元佑と俺は互いの笛の音を聞いたぞ。我が主辰冬《ときふゆ》は、どうやら教えることがやたらに好きな男だったらしい。妖魔《ようま》の俺に無理やり笛を教え込むだけでは飽きたらず、隠居して暇を持て余していた元佑をも巻き込んだ」

「ってことは、元佑さんにも、龍笛を？　じゃあ司野さん、元佑さんと一緒に、笛を習ってたんですか？」

「ああ。辰冬は、俺と元佑を並べて座らせ、笛を持たせた。……普通なら、考えられないことだ。人間と式《しき》が同列に扱われるなどな。だが元佑は、そんなことには少しも頓着《とんじゃく》しなかった。それどころか真面目《まじめ》くさった顔で、先に笛を習い始めていた俺が、この場では兄弟子だと言った」

「元佑さんらしいや。もっと聞かせてください、その話」

敏生は、思いがけない元佑のエピソードに目を輝かせる。森も、敏生と司野のために茶を煎《い》れてやりながら、司野の話に耳を傾けた。

司野は、優美な外見にそぐわず粗野すれすれの豪快さで飯を平らげながら、面白くもなさそうに話を続けた。

「もっと……と言われても、それだけだ。元佑がやってくると、辰冬は俺を呼びつけ、俺と元佑に龍笛《りゅうてき》を吹かせた。辰冬自身は、我々に手本を示すために龍笛を吹くこともあれば、笙《しょう》や篳篥《ひちりき》で合奏を楽しむこともあった。……辰冬は、楽器なら何でもよく奏した。妖《よう》魔《ま》の俺でも、奴《やつ》の楽《がく》の音《ね》には不思議な力を感じたものだ。……そうだな。たとえれば奴の笛の音は、まるで月の光を浴びた銀の糸のようだった」

「……凄《すご》く綺麗《きれい》な音だったんですね。聴いてみたかったたな」

その光景を想像したのか、敏生はうっとりした顔つきで言う。司野は頷《うなず》き、こうつけ加えた。

「だが、教師が優れていても、その技術がそのまま弟子に伝わるとは限らない。俺の笛は……おそらく、なまじの人間よりは上手《うま》くなったと思うが、元佑は、お世辞にもいい生徒とは呼べなかった」

「……っていうと？」

「あの男、検非違使《けびいし》としては秀《ひい》でていたかもしれんが、音楽に関してはからっきし……というより、才能が負の値まで落ち込んでいると言ってもいいくらいだったからな」

失礼なことをハキハキと言う司野に、敏生は楽しそうに身を乗り出した。

「元佑さん、そんなに笛が下手だったんですか？」

「上手下手以前の問題だった」

森が煎《い》れてよこした茶を一口飲み、司野は元佑の笛の音色を思い出したのか、美しい顔を思いきり顰《しか》めた。

「お前も見たろう。龍笛《りゅうてき》というのは、簡素な楽器だ。吹口が円くくり抜いてあるだけで、音を出すための装置はほかにない」

「つまり、その孔《あな》から空気を吹き込む角度と勢いで、音色と音階、それに音量までを調節する技術が求められるわけだな？」

司野が食い散らかした朝食の残骸《ざんがい》をうんざりした顔で見下ろしながら、森が言葉を添える。司野は出来のいい生徒を褒める教師のような顔で頷《うなず》いた。

「そういうことだ。龍笛《りゅうてき》を習う者は誰でもまず、そこで最初の壁にぶち当たる。妖魔《ようま》の俺でもだ。……音を出せるようになるまでに三日かかった。その間に、癇癪《かんしゃく》を起こして笛を三本へし折ったが、辰冬は諦《あきら》めなかった。……三日目に音が出たときは、我がことのように喜んで、お前は筋がいいと俺を褒めた。だが、元佑は……」

「元佑さんは？」

敏生はごくりと生唾《なまつば》を飲む。司野はふっと鼻で笑った。

「二月《ふたつき》かかった」

「に、二か月⁉ そんなに？ あ、でも僕、普通の人はどのくらいかけて音が出せるようになるのかわかんないですけど……それって……きっとけっこう長いですよね？」

「極めて長いな。根気強い辰冬も、さすがに呆《あき》れていた。五十の手習いという言葉もあるが、それにしてもあれは酷《ひど》かった。音が出るようになっても、息の加減ができず、思いきり空気を吹き込むばかりでな。……それこそ厳《いか》つい顔を鬼のように赤くして、全身を阿修羅《あしゅら》のごとく怒《いか》らせて、耳をつんざくような音で笛を奏していた。本人は大汗を掻《か》いて奮闘していたが、いつになっても上達しなかったな。まったくもって、聞くに堪えない音だった」

「うわあ……」

「辰冬も、顔には出さないが閉口していた。もっとも、元佑自身が楽しげに習っていたから、辛抱強く付き合ってやっていたがな」

「うーん……きっと家でも、紅葉《もみじ》さんや源太《げんた》に嫌がられながら、頑張って練習してたんだろうなあ、元佑さん。……ああ、目の前に見えるみたい」

あまりにも鮮明にその姿が脳裏に浮かんだらしく、敏生は丸い頰《ほえ》に小さなえくぼを刻んだ。

「確かに……元佑氏はあまり芸術方面の趣味はなさそうだったからな」

森は短く言って、とうとう朝食を諦《あきら》め、席を立った。窓際《まどぎわ》の椅子《いす》に腰掛け、窓の外に広がる町の景色を見下ろす。

「ところで、あんたの今日の予定は？」

外を向いたままで問いかけた森の耳に、司野の声が間髪を入れず聞こえた。

「特に何もない。持参の古文書の解読でもして時間を潰《つぶ》すつもりだ」

森はゆっくりと首を巡らせ、敏生を見た。その問いかけるような眼差《まなざ》しに、敏生は森の意図を察して笑顔で頷《うなず》いた。そこで森は、膝《ひざ》の上で読みかけの本をもてあそびながら言った。

「水無月工房は高山にある。修理完了の連絡を受けてからここを出発するのでは時間がかかって仕方がないから、朝食を片づけたら、高山観光の続きに出かけようと思っているんだが。よければ、あんたも一緒に行かないか？」

森は、てっきり司野が即座に断ってくると思い、気のない誘い方をした。だが司野は、意外なほどあっさりと頷《うなず》いた。

「そうだな。どのみち、笛を奏するのは俺だ。俺がいないと、お前たちが高山にいても、結局ここに戻ってくるまで話が進まない」

「じゃあ、司野さんも一緒に遊びに行きましょうよ」

「遊ぶ……とは？　いったい高山で何をするつもりだ」

敏生は、傍《かたわ》らに置いてあったガイドブックをパラパラとめくり、とあるページを開いて司野に見せた。

「ほら、ここ。『飛驒高山美術館《ひだたかやま》』ってとこに行きたいんです。ガレとかティファニーとかのガラス工芸品があるんですって。凄《すご》く観《み》てみたくて。あと、時間があったら……ここ、『飛驒高山まつりの森』ってところにも行きたいです。高山祭で出るような屋台が展示されてるんですよ。からくり人形が見られるらしくて。面白そうでしょう？」

「ほう。……俺も、何の因果か今は骨董屋《こっとうや》だ。美術鑑賞はやぶさかでないな」

「でしょう？　じゃあ決まり、一緒に行きましょう。思いきって誘ってみてよかったですね、天本さん」

初めて司野とともに遊びに行けるのが嬉《うれ》しいらしく、敏生は明るい表情で森に笑いかける。

「あ……ああ、そうだな」

予想外の展開に内心戸惑いつつ、森も曖昧《あいまい》な微笑を返したのだった……。

＊　　＊

昼前に高山駅についた一行は、まず、敏生が旅行前から行きたいと言っていた「飛騨高山美術館」に向かった。高山駅からタクシーで十分ほどの距離にある静かな高台に、その美術館はあった。遠くには、雪を頂いた北アルプスが見渡せる。

空が曇っているせいで、今日は昨日より寒かった。森はセーターの上からロングコートを着込み、敏生も、パーカにジャンパーを重ね、森から贈られたニットキャップをしっかり被《かぶ》っている。

木枯らしと呼んでもいいほど冷たい風が吹きすさぶなか、司野だけが、薄手のセーターにレザーパンツという信じられないような服装で、平然と立っていた。

「小一郎と同じですね。人間の姿に封じられてる司野さんもやっぱり、暑さ寒さなんて感じないのかな」

「そのようだな」

敏生の耳打ちに頷《うなず》き、森は美術館の建物を仰ぎ見た。

緑によく映える白い建物は、各所に大きなガラス窓を配置し、シンプルながらも美しいデザインである。エントランスへの通路はごく浅い池の上に配置され、水の中には、寒さで動けないらしい小魚が数匹、じっとしていた。

広い館内には、数人の先客がいるだけだった。フロアのあちこちに椅子《いす》が置かれてはいたが、そこに学芸員の姿はない。三人は、とりあえず案内板に従って歩き出した。

「わあ！　ラリックの噴水ですって。凄《すご》く綺麗《きれい》だ。本物のラリック見たの初めてです、僕。うわあ、あっちの展示室にあるの、絶対ティファニーの花器ですよ。ああ、僕ここに来られてホントによかったな」

ガラス製の美術品が大好きらしく、敏生は大はしゃぎで、展示品の一つ一つをじっくりと観《み》てまわる。森と司野は、保護者よろしくその後を言葉少なについていった。

「小わっぱはずいぶん元気を取り戻したようだが……」

ラリックの、高級な醬油差《しょうゆさ》しと見まごうようなデザインの香水瓶を見るともなく見ながら、司野はボソリと言った。弾むように軽い足取りで歩く敏生の栗色《くりいろ》の頭を追っていた森は、足を止めて司野のほうへ向き直る。

「何か？」

司野は、照明を受けて美しく煌《きら》めく薄桃色のガラスを見つめたままでボソリと言った。

「さっき、問おうとした俺をお前は制止したな。改めて訊《き》く。お前の父親……あの男は何者だ」

　思わぬ話題に、森は切れ長の目をわずかに見開く。一瞬、どう答えたものか迷った森だが、司野の冷たい横顔に下世話な好奇心が欠片《かけら》もないのを見て取り、正直に答えた。

「わからない」

「……わからない？　あれは実の父親だと、お前は言わなかったか？　お前のその容貌《ようぼう》は、父親から多くを受け継いだように見受けたが」

　司野はようやく森の顔を見た。森は、司野の問いに瞬《まばた》きで頷《うなず》いた。

「ああ。疑うべくもなく、あの人は俺の実の父だ。母は……俺が物心ついた頃には正気ではなく、もうずいぶん前に他界した。だから……あの人が、俺のただひとりの肉親と呼べる存在ではある。……戸籍上は、という意味だが」

「ふん？　それなのに、父親の正体がわからんのか」

　森は、挑発的な問いにも悪びれず答えた。

「わからないな。俺にわかるのは、父の職業が民俗学者だったということだけだ」

「民俗学者？　ではやはりあの男か、トマス・アマモトとかいう……」

「何故《なぜ》、父の名を知っている？」

　森が驚いて問うと、司野は敏生をちらと見て、唇に人差し指を当てた。どうやら、敏生に気取《けど》られずに話を続けるつもりらしい。森が頷くと、司野は何とか聞こえる程度の小さな声で言った。

「簡単なことだ。大学に潜り込んで図書館の端末でアマモトの名を検索したら、トマス・アマモトの論文が山ほど引っかかってきた。精力的に活動していたようだな。さすがに全部は読めなかったが、いくつか斜め読みしたところでは、なかなかのものだったぞ。特に、内戦中のカンボジアにおけるアンコールワットの……」

滔々《とうとう》と論文の内容について語り出しそうな司野を片手で制して、森は言った。

「だいたい察しはつく。父は、いつもフィールドワークと称して、世界中を飛び回っていた。滅多《めった》に家には帰ってこず……だから父と過ごした時間はそう長くない」

「そのわりに、お前は父親を酷《ひど》く恐れているようだな」

「……飴《あめ》と鞭《むち》だよ。父は旅に出るとき、いつも俺に何かしら課題を与えていった。帰宅したとき、課題をクリアしていれば頭を撫《な》でて褒めてくれたが、できなかったときは……失望を露《あらわ》にし、俺の手を乗馬用の鞭で打った。……妖魔《ようま》のあんたには、実質的にただひとりの肉親に捨てられる恐怖はわかるまい。だが俺は、父に見捨てられることが怖くてたまらなかった。必死で、彼の期待に応《こた》えようとしたよ。父の前では、常に申し分のない息子でいようと、いつも緊張していた」

あざ笑うかと思われた司野は、存外真顔で頷《うなず》いた。

「なるほどな。幼い頃に刷り込みを行って、息子の深層心理に恐怖心と畏怖心《いふしん》を植えつけたか。お前の父親は、なかなかに賢い男のようだな。……だが、俺が知りたいのは、民俗学者としての奴《やつ》ではない。あの男の裏の顔……本当の姿だ」

森は、ただでさえ鋭い目を眇《すが》めた。

「何故《なぜ》、そんなことを知りたがる」

森の鋭い視線を軽く受け止め、司野は緩くウエーブのかかった茶色い髪を片手で撫《な》でつけながら答えた。

「あの男の放つ『気』が、ただものではなかったからだ。妖魔《ようま》の俺が、禍々《まがまが》しいと感じるほどだった。奴の生臭い『気』が、まだ皮膚に粘り着いているような感じすら覚える。

……あれは……もはや人のものではないぞ、天本」

「ああ。確かに父は……昔からどこか人間離れした雰囲気の人だった。……だが、俺は本当に、父の裏の顔を知らないんだ。知るすべもない。大学の職は、とうに辞していて、住居も不定らしい。今、どこを拠点にしていて、何をして生計を立てているのか……それすらわからない」

「神出鬼没というわけだな」

「まったくもってな。……長年姿をくらましていたくせに、突然現れて、俺に……いや、正確に言えば、俺と敏生につきまとい始めた。彼の言葉を借りれば、我々に『適切な試練を与えるため』に」

司野は、ひときわ低い声で問いかける。

「……試練というのは、相手を成長させるために与えるものだろう。お前の父親が望む、お前たちの成長の方向性はどこを指しているんだ？」

森は、しばらく薄い唇を結んで考えていたが、やがてこう言った。

「はっきりとはわからない。だが、父は敏生の精霊《せいれい》の血に……いや、彼が精霊と人間との間に生まれたことに非常な興味を示しているようだ。敏生の出自を完璧《かんぺき》に調べ上げ、敏生の精霊としての能力に大きな期待を抱《いだ》いている。だからこそ、その……彼が俺の『伴侶《はんりょ》』であることを喜んでいる」

司野は、綺麗《きれい》な斜線を描いて切れ上がった眉尻《まゆじり》を一センチほど吊《つ》り上《あ》げた。皮肉を言うときのおきまりの表情だが、彼はそれを口にすることなく飲み下し、代わりにこう言った。

「伴侶、か。つまり、お前と小わっぱ単体ではなく、二人が共にあることが、あの男には重要なわけだ。……ちなみに、お前を術者に仕立て上げたのも、父親か？」

森は曖昧《あいまい》に頷《うなず》いた。

「そうだな。この道を選んだのは俺自身だと信じたいが、確かに素地は父に与えられたものだ。幼い頃から、史学や民俗学や宗教学、それに神秘学の知識を父に教え込まれて育った」

「なるほど。……だが、知識を与えられただけで術者になれるわけではあるまい。お前の父親……あれだけの『気』を放つ男だ。自身が術者であっても不思議はあるまい」

「父自身は、自分が優れた術者ではないと言っている。ある程度の術は使えるようだし、強大な力を持つ闇《やみ》の妖魔《ようま》を、望みの場所に招き寄せるような手管《てくだ》は持っているようだが。しかし父は、自分は教え、導く者だと……つまり、優れた術者を育てる教師のようなものだと言っている。でなければ、河合《かわい》さんを……俺の師匠を惑わせ、敏生を拉致《らち》させるような面倒なことを企《たくら》まなくても、みずから手を下せただろう」

「ふん？　では、お前の母親が術者の血筋か？」

「さあな。母のことは、何も知らない。ただ、四国《しこく》の小さな村で生まれ育ち、十六の年にフィールドワーク中に負傷した父を発見し、助けた。それが縁で結婚し……」

「お前を産んで、やがて正気を失った、と？」

森は再び躊躇《ちゅうちょ》したが、目を伏せて正直に答えた。

「いや。正確には、姉と俺を産んで……だ。姉は、幼くして死んでいる」

「死因は？」

「階段から落ちて、頸椎《けいつい》を骨折したそうだ。俺はまだ赤ん坊に等しい年頃だったから、何も覚えていないが」

「ふん……。お前の母親と死んだ姉も、あるいは父親の計画に組み込まれていた存在……

不可欠要素だったのかもしれないのか。頭のいい人間の好奇心の行き着く先は、千年生きてきた俺にも想像がつかんな」

司野は、すっと通った鼻筋に皺《しわ》を寄せ、「気に入らん」と呟《つぶや》いた。森は、その言葉に眉《まゆ》を顰《ひそ》める。

「何が？」

司野は、軽く苛《いら》ついた口調で言った。

「お前の家族と精霊《せいれい》の小わっぱに関することすべてだ。いいか、天本。どんなに複雑に見えても、この世のすべての事柄には理《ことわり》がある。一連の要素は、それがどれだけ複雑に見えても、結び目を一つずつ解いていけば、蜘蛛《くも》の網のように整然と配置できるものなんだ。だが、お前の父親が恐らくは意図的にもつれさせた糸の塊が、俺には解けん。それが気に入らない」

「……俺には、糸口さえ摑《つか》めないよ」

憎まれ口を叩《たた》き合《あ》いながらも、森は、目の前の妖魔《ようま》に対しては、不思議なほど素直になってしまう自分を感じていた。おそらくは、中原《なかはらの》元佑という心優しい共通の友人を持っていることが、二人の間の空気を奇妙に和らいだものにしているのだろう。

司野も、シニカルに笑って言った。

「俺に推測できるのは、お前の得体の知れない父親は、恐ろしく長い時間をかけて何らかの計画を練り、実行しつつあり……そしておそらくは嬉《うれ》しい偶発的要素として、精霊《せいれい》の小わっぱをも己の計画に組み込もうとしているということだけだな」

「……それは、まさしく俺が推測していることでもある」

「だろうな。お前が馬鹿《ばか》でないことは、俺も知っている」

森は、展示室の出口近くまでたどり着いた敏生の背中をちらと見てから、司野に視線を戻し、その名を呼んだ。

「何だ？」

「何故《なぜ》、あんたが俺の父のことを……つまり、俺と敏生のことをそれほどまでに気にする？　心配してくれるのはありがたいが、そもそもあんたに心配される筋合いはないし……その……好奇心なら……」

森の歯切れの悪い言葉に、司野はぴしゃりと言い返した。

「好奇心猫を殺すという言葉なら、俺も知っている。だが、これは好奇心から出ていることではない」

「……では、何だ？」

司野は、森の顔をまっすぐに見て、きっぱりと言った。

「俺の自己満足だ」

「……何だって？」

目を剝《む》く森に、司野は遠い目をして言葉を継いだ。

「何度も言っているだろう。俺は、千年の時を超えて、お前たちと元佑を結びつける存在だ。……けっしてみずからそれを望んだわけではないがな。だが、お前たちに手を貸すことが、元佑に返せなかった借りを返済する唯一の方法で……しかも……」

「しかも？」

「そうするために、俺が千年の時を生き延びたのだと考えれば……主《あるじ》がすでに亡《な》いというのに、人間の姿に封じられたまま人の世に紛れて生き続けねばならない理由を見いだしたような気になれる……それだけのことだ」

司野の声は、限りなく静かで、苦かった。

目の前の若々しく見える妖魔《ようま》は、しかし千年という想像もつかない孤独な歳月を生き抜いてきた強者《つわもの》なのだ。「妖魔だから」何も感じないという建て前のもとに、寂しさや悲しみ、それに怒りややるせなさといった感情をすべて冷たい表情の下に隠し、超然とした態度をとり続ける……。そんな司野がポロリとこぼした本音が、森の胸には痛かった。

「司野……」

だが、司野は毅然《きぜん》とした表情で、吐き捨てるように言った。

「安い同情はいらん。ただ、お前の父親の不快な『気』に、俺はすでに触れている。縁《えにし》というのは、良いものだけとは限らない。……つまり、俺もすでにお前の父親の絡《から》めた糸に、引っかかっている可能性がある」

「それは……」

「お前の父親とは、またまみえることがあるかもしれない。妖魔《ようま》の勘だ。そのときのために、あの男についてできる限りの情報を得ておくのは当然だろう」

切り口上でそう言い、司野は顔を背けた。何か言おうとした森の視界に、無邪気な笑顔で手を振る敏生の姿が映る。

「そろそろ行くか、天本」

「……そうだな。この話はここまでにしよう」

長身の青年二人は、ほんの一瞬視線を絡《から》ませてすぐにお互い顔を背け、展示室の出口でじっと待っている敏生のほうへと歩み寄った……。


「飛驒高山美術館」を出た三人は、市街地に戻って蕎麦屋《そばや》で昼食を摂《と》ってから、次の目的地である「飛驒高山まつりの森」へと向かった。

広大な敷地にコンセプトの異なる展示ドームが点在するテーマパークの中で、敏生が迷わず最初に行きたがったのは、山の斜面に建てられた巨大なドーム状の「高山まつりミュージアム」だった。

ドームの内部には、きらびやかで大きな屋台が六台展示され、定期的に、屋台に搭載されたからくり人形の「演技」が披露される。さしもの司野も、からくり人形の見事な動きには感心したようだった。

司野は、もはやさっきまでのトマスの話を、欠片《かけら》も持ち出さなかった。そんな深刻な話をしたことなど、敏生の前ではおくびにも出さない。現時点において、森に伝えるべきことは伝え、訊《たず》ねるべきことは訊ねたということなのだろう。

(この切り替えの早さは、俺も見習うべきだな)

森はそんなことを思いながら、敏生の傍《かたわ》らで、コンピューターに制御された童子姿のからくり人形を見上げた……。


そして、午後四時過ぎ……。

三人が同じ敷地内に設けられた丘陵地の散策道を歩いていたとき、森の携帯電話が鳴った。通話ボタンを押すと、聞こえてきたのは水無月馨の声だった。

『もしもし、天本さんですか？　水無月工房の水無月です。お約束どおり、何とか音が出るように直しましたけど。いつ取りに来られます？　……できれば早めに来ていただけると助かるんですけど』

馨の声は、相変わらず呑気《のんき》な調子だった。だが、最後の一言に、ほんの少しの緊張感が漂っているような気がする。森は自分たちが高山にいることを伝え、すぐに工房に向かうと伝えた。馨は、あからさまに安堵《あんど》した様子で電話を切った。

曇天のせいで、夕闇《ゆうやみ》の訪れが早い。三人が水無月工房に到着したとき、あたりははや暗くなりかけていた。

赤毛に緑の瞳《ひとみ》の楽器職人は、昨日と同じように工房の引き戸を開け、三人を迎え入れた。工房には明かりがともり、ストーブをつけていても、室内はしんと冷えていた。おそらく、楽器の乾燥を防ぐために、過剰な暖房は避けているのだろう。

森は、挨拶《あいさつ》ついでに、司野を馨に紹介した。

「こちらが、辰巳司野。現在の笛の持ち主で……その笛を吹く人間……ああ、いや、者です」

司野は、馨の白人そのものの外見にもまったく驚く様子もなく、偉そうに腕組みして突っ立っている。馨は、かえって戸惑ったようにパチパチと瞬《まばた》きしてそんな司野の顔を見上げたが、気を取り直したように、小さな作業台の上から、森が昨日預けた龍笛《りゅうてき》を取り上げた。

「とりあえずは、これでどうですかね。完璧《かんぺき》からはほど遠いですけど。樺巻《かばまき》も全部は直せてないし、吹口もホントはもっと丁寧に割れを塞《ふさ》ぎたいし、塗りも重ねたいし、頭部の重りも詰め替えて、バランスを取り直したいし……。でも、それを全部やるには時間がかかります。歴史的な価値を損ねないように、修繕の方法をうんと検討しなくちゃだし。……

だけど、ご依頼は、まずはとにかく音が出るように、でしたから。今はこれで我慢してください」

両手で捧《ささ》げ持《も》たれた龍笛《りゅうてき》を受け取ったのは、司野だった。無造作に片手で笛を持ち、冷徹な眼差《まなざ》しで全体をチェックする。森と敏生も、司野の両側から、その手元を覗《のぞ》き込《こ》む。

確かに、応急処置と馨自身が言うだけあって、龍笛のコンディションに大きな変化はないようだった。

かろうじて、吹口の筒割れを膠《にかわ》らしき物質で埋めてあるのと、吹口に近い部分の樺巻《かばまき》のほどけていた部分を巻き直し、樹脂で仮止めしてあるのだけが、目立って修繕されたことがわかる部分である。

(職人としては、こんな中途半端《ちゅうとはんぱ》な処置だけで笛を顧客に戻すなど……いくらそれが依頼内容に添う行為でも、不本意きわまりないだろう。それなのに、こうして素直に返してくるところをみると、やはりこの笛は、厄介な代物なんだろうな)

森はそんなことを考えながら、馨の白い顔を見た。

上がりかまちに両膝《りょうひざ》をついて座った馨は、白い顔に幾分困惑の表情を浮かべ、作業場の土間に立たせたままの森と敏生、それに司野の顔を順番に見た。今日はどうやら、仕事場に上げてお茶を勧めるようなゆったりした気分ではないらしい。

徹夜で作業をしたのだろう。緑色の目を充血させた馨は、龍笛《りゅうてき》を包んでいた風呂敷《ふろしき》を手の中で畳んだり捩《ねじ》ったりしながら口を開いた。

「あのう……ごめんなさい、何かもうね、修理を始めた瞬間から落ち着けなくて、僕」

「落ち着けない？　いったいどういうことです？」

森は眉根《まゆね》を寄せて、さりげなく手を出す。ハッと自分の行為に気づいた馨は、さんざん手の中でもてあそんだ風呂敷を、恥ずかしそうに森に手渡した。

「昨日言ったでしょう、僕は楽器の声を聞くのが唯一の特殊な能力だって。昨夜《ゆうべ》、夜なべで吹口の筒割れを直してたとき、背筋がゾクゾクし始めて。……声が聞こえるってわけじゃないんですけど、どうにも薄ら寒い感じがするんですよね」

司野は、冷たい顔でじっと馨の言葉を待っている。

「その……この笛、基本的にはいろんな人に大事にされた気配が残ってて、特にたぶん最初の持ち主さんなのかな、優しい、温かい空気が残ってていい感じなんだけど。でも、それをぶち壊すくらい嫌な感じの女の人の念が染《し》みついてる感じがするっていうのは、皆さんも同意してくださるんですよね？」

三人は、それぞれはっきりと頷《うなず》く。馨は、両手で自分の体を抱き、ブルッと身を震わせた。

「修理を進めていくうちに、何だか嫌な胸騒ぎがして仕方なくなって……。直しちゃいけないような気すらして。とにかく一秒でも早く、この笛を手放したくなりました。こんな妙な気持ちは初めてです。古い楽器をたくさん扱っていると、嫌な感じのする奴《やつ》に出くわすことは珍しくなくて……慣れてるはずなのに。本当なら、初めてここまで古い龍笛《りゅうてき》を扱うことができて、小躍りして喜ぶべきなのに」

敏生は、心配そうにそっと馨に問いかけた。

「胸騒ぎって……何かあったんですか？」

馨はかぶりを振る。

「いいえ、具体的には何も。……だけど、僕は本当にこの笛を修繕していいんだろうかって迷いがどんどん大きくなって。結局、僕自身は笛を吹いて音が出るかどうか試すことが、どうしてもできませんでした。……たぶん、大丈夫だと思いますけど」

「ふん？　なら、今ここで試すか」

「やめてくださいッ」

笛を構えようとした司野を、馨は両手で縋《すが》りつくようにして制止した。司野は、子ネズミをいたぶる猫のような意地の悪い笑みを浮かべ、必死の形相で見上げる馨に言った。

「案ずるな。俺が上手《うま》くやる。女の念を追い払ったら、お前に心ゆくまでこの笛を修繕させてやろう。……応急処置とはいえ、お前の腕は悪くないようだ」

その言葉に、馨の顔には恐怖と期待が入り混じった複雑な表情が浮かぶ。彼の心の中には、職人ならではの激しい葛藤《かっとう》があるのだろう。

「あの……ほ、ほんとにその笛、吹くんですか？　吹いちゃって大丈夫なんですか？」

「それはお前の知ったことではない」

司野は、森の手から風呂敷《ふろしき》をひったくると、龍笛《りゅうてき》をきちんと包み、そして居丈高に宣言した。

「お前の腕を信用して、笛はこのまま引き取っていく。この忌々《いまいま》しい女の念が片づいたら、また来る。……行くぞ、天本、小わっぱ」

「……修理を急がせて申し訳なかった。では、また」

森は馨に慇懃《いんぎん》に礼を言い、さっさと店を出ていく司野に続いた。

「あの……ありがとうございました。じゃあ」

敏生も、ぺこりと頭を下げ、彼らの後を追おうとする。そのジャンパーの裾《すそ》を捕らえ、馨は鬼気迫る表情で敏生を見上げた。敏生は、どぎまぎして、恐怖の色を湛《たた》えた緑色の瞳《ひとみ》を見る。

「……水無月さん？」

「気をつけて。僕はあの笛の出自も知らないし、あの笛にどうしてあんなに強い女の人の情念が染《し》みついてるのかも知らない。……僕は、楽器の声を聞くのが仕事だけど、あの女の人の声は……とても怖くて。怖すぎて僕は心の耳を閉ざしてしまったんだ」

馨は、少し逡巡《しゅんじゅん》した後、手近にあった小さな鎚《つち》を、敏生の手に握らせた。敏生は、小首を傾《かし》げてその古ぼけた道具を見つめる。

「こんなこと……職人としては死んでも言いたくないし、言うべきでもないと思うんだけど。でも、もしあの笛を吹いて何かよくないことがあったら……取り返しのつかないことになる前に、これで砕いてしまったほうがいい」

馨は、思い詰めた顔と声で囁《ささや》いた。敏生は、そのただならぬ気迫に顔を引きつらせる。

「水無月さん……」

「ごめんね。こんなことしか言えなくて。でも、これはお守りだと思って持っていって。……気をつけて」

そのとき、引き戸の外から、敏生を呼ぶ森の声が聞こえた。敏生は、とりあえず手渡された「凶器」を、ジーンズの後ろポケットにつっこみ、もう一度馨に頭を下げた。

「じゃあ、これ、お借りしていきます」

「使わずにすむことを祈ってる。……じゃあね」

馨は、やはり心配そうな顔で敏生を見ている。敏生は大きな不安を胸に抱《いだ》きつつも、馨を安心させるために小さな笑みを浮かべ、もう一度頭を下げて、工房を後にしたのだった。

＊　＊

宿に戻っても、司野はすぐには笛を吹こうとしなかった。

「昨夜《ゆうべ》取り込んだ雑霊《ざつれい》たちが俺の中で落ち着くまで、もうしばらく時が必要だ。この手のことは、人の往来が多いガサガサした空気の中でするものでもなかろう。……真夜中過ぎになったら、俺の部屋に来い。それなりの支度をしてな」

ロビーでそう言い放ち、司野は自分の部屋に引き揚げていった。そこで森と敏生も自分たちの部屋に戻り、食事と休息を取ることにした。

そして、日付が変わる頃……。森と敏生、それに敏生の携帯する羊人形に潜んだ小一郎は、揃《そろ》って司野の部屋を訪れた。

司野が言った「支度」の意味は理解している。服装こそカジュアルなものだったが、二人とも温泉で潔斎《けっさい》をすませていた。森のシャツの胸ポケットには調伏《ちょうぶく》用の黒い革手袋が忍ばせてあり、敏生のジーンズの背中には、馨から渡された鎚《つち》が差し込まれている。

司野のいる離れからは、断続的に笛の音が聞こえてきた。曲にはなっていないが、おそらく音の出具合をチェックしているのだろう。

離れの呼び鈴を鳴らす前に、森は真面目《まじめ》な顔で敏生を見下ろした。

「敏生。……ここまできて君に来るなと言っても無駄だろうと思ったから、何も言わなかった。だが、約束してくれ。今回の件に関しては、君は『見る』以外のことは何もしないと」

「天本さん……」

「君に無茶をさせたくて、ここに連れてきたわけじゃない。……まあ、司野のことだ。へまはしないと思うが、念のために言っておく」

「わかってます。……これ以上、天本さんに心配かけないようにしますから」

敏生は笑って、森の二の腕に触れた。

「よろしい。では行こうか」

森は敏生の頰《ほお》に小さなキスを落としてから、呼び鈴を鳴らした。


司野は、昼間と同じ服装で二人を迎えた。その手には、くだんの龍笛《りゅうてき》が握られている。

森はそれを見て、右眉《みぎまゆ》だけを軽く上げた。

「もう、吹いていたんだな」

「ああ。軽く吹いて、笛を少しずつ目覚めさせた。あの職人、確かに腕はいいようだ。こんな適当な修理でも、一応音が出る。ただ、まともな曲を吹くのはこれからだがな」

そう言って、司野は床の間の前の座布団《ざぶとん》に腰を下ろした。テーブルも、部屋係が敷いていった布団《ふとん》も、部屋の隅に寄せてある。森と敏生は、司野の前にそれぞれ座った。

いつもは開け放したままの障子が、今夜はきちんと閉め切られている。室内の明かりはすべて消され、ごく弱々しい外の明かりが、障子越しに差し込んでいるだけだった。

森は、革手袋をはめながら、静かに訊《たず》ねた。

「結界は必要か？」

それに対する司野の答えもまた、簡潔なものだった。

「いらん。敢《あ》えて、風通しはよくしておく」

「なるほど。笛に宿った女が去るものなら追わず……というわけか」

「おとなしく去るとは思えんがな。かといってあんな女の念には、食指も動かん」

「妖《あやか》しにも、旨《うま》いまずいがあるとは知らなかったな」

そんな軽口を叩《たた》き、森はちらと敏生に笑みを向けてから、姿勢を正した。敏生も、緊張を隠せない様子でかしこまっている。その鳶色《とびいろ》の大きな目は、司野の手の中の龍笛《りゅうてき》に釘《くぎ》付《づ》けになっていた。暗がりに目が慣れ、次第に黒っぽい笛のシルエットもはっきり見えてくる。

（馨さんがあんなに怖がってた理由、ちょっとわかってきた感じ……。司野さん、龍笛をちょっと吹いて笛を目覚めさせたって言ってたけど……もしかして、目覚めたのは、笛だけじゃないいんじゃゃ……）

少し離れて座っているにもかかわらず、油断すれば逃げ出す獣を捕らえるようにしっかりと司野に保持された龍笛《りゆうてき》からは、うなじがチリチリするような暗い念が放たれていた。それは、修理に出す前夜、敏生が触れたときより遥《はる》かに強くなっている。

(僕が感じてるんだから、天本さんだって……)

敏生は、自分を庇《かば》うように座している森の背中を見やったが、森は振り向かなかった。代わりに、ジーンズのベルト通しにぶら下げた羊人形がパタパタと小さく動き、小一郎の声が頭に響いた。

——いざというときは、迷わず戸口まで退《ひ》くのだぞ、うつけ。

どうやら、心配性は、主人から式神《しきがみ》へとしっかり受け継がれているらしい。わかったという代わりに羊人形の腹を左手でポンと叩《たた》き、敏生は再び視線を司野とその手の中の龍笛に戻した。

「……では、始めるか」

司野はそう言って、座り直した。少し前屈《まえかが》みの姿勢で、両肘《りようひじ》をゆったりと張り、ほとんど左手の親指と小指だけで長い笛を水平に支えて構える。

敏生は、思わず両の拳《こぶし》を固く握り、腿《もも》の上に置いた。

たっぷりと息を吸い込んだ後、司野は吹口に軽く唇を当てた。数秒の沈黙があって、最初は探るように低く、やがて力強く澄んだ音が広い室内に響く。

「……龍笛《りゅうてき》の音色は、天地を行き来する龍の声だと言われているそうだよ」

森は、上体を軽く捻《ひね》り、敏生の耳元に囁《ささや》いた。敏生は、深く納得して頷《うなず》く。

司野の笛は、静かに緩急をつけ、高音と低音を自在に使い分けて、耳慣れないが美しい旋律を奏《かな》でる。その笛の音は、昼間見たガラスのように透き通り、それでいて不思議なくらいの温かみを帯びていた。

(高い音は、天に上っていく龍……。低い音は、空から降りてくる龍なのかな……)

龍笛を吹くことがどんな結果をもたらすかをひととき忘れ、敏生は夢中になって、司野の笛の音に聞き入った。

司野は目を伏せ、ただ無心に指を動かし、亡《な》き主《あるじ》の遺《のこ》した龍笛を奏し続ける。森は、まるで彫像のようにピクリとも動かず、油断なく室内の空気に気を配っていた。

……と。

森が突然動いた。素早く片膝《かたひざ》をつき、右腕を伸ばして敏生を守るような動作をしたのだ。その視線の先を見た敏生も、ハッと息を呑《の》んだ。

ごくぼんやりと、白っぽいものが、司野と、二人との間に現れたのである。

司野は、二人の様子に視線を上げ、「それ」を見たものの、さして驚いた様子もなく、笛を下ろすこともしなかった。静かな旋律は、清らかな力を帯びて、ますます高く響き渡る。

次第に、白っぽいものは、人間の……小柄な女の姿になった。おそらくはそれほど若くないその女は、長い髪を後ろでかろうじてまとめてはいたが、こぼれた髪が、額や胸元にバラバラとかかっていた。

白く見えたのは、女のまとっている着物だった。最初はうずくまっていた女は、ゆらりと立ち上がった。

「……あ……」

敏生の唇から、掠《かす》れた驚きの声が漏れる。そんな敏生の体を、森は後ろ手で自分の背後に匿《かくま》うようにした。

女は、白いシンプルな着物の上から、長く裾《すそ》を引いたもう一枚の色鮮やかな着物を羽織っていた。もとは美しいものだったのだろうが、すでに着物とわからぬほどあちこち裂け破れ、酷《ひど》い有り様である。着物の裾から覗《のぞ》く女の両足は裸足《はだし》で、爪《つめ》が剝《は》がれ、血だらけになっていた。

『忘れぬ……ぞ……』

女の口から、しわがれた声が漏れた。乱れ髪に隠されてはっきりとは見えないが、女の年は、おそらく中年にさしかかったくらいだった。筆で書いたようなあっさりした顔立ちをしているが、森と敏生を順番に睨《にら》み据《す》えるその瞳《ひとみ》には、憤怒の色が満ちていた。

『けっして……忘れ……ぬ……！』

女は譫言《うわごと》のように呟《つぶや》きながら、視線を森と敏生から、笛を吹き続ける司野に向けた。女の細い目が、カッと見開かれる。

『その笛……おお……おお……』

司野は、唐突に笛から口を離した。わずかな余韻を残し、音は意外なほどあっさりと消えてしまう。

「我が主《あるじ》の笛に宿り、この高潔な笛を汚《けが》していたのは貴様か、女」

司野は、ごく落ち着いた声音でそう言ったが、その瞳《ひとみ》は、女の露《あらわ》にしている激情に劣らず強く氷のように冷たい怒りを湛《たた》えている。

女は、無言で両手を司野に差し出した。

「……………よかろう」

司野は、女の白い手に笛を持たせてやった。

「あ……あの人に笛を渡しちゃったら……」

「しっ。司野に考えがあるんだろう」

森は、敏生を制し、じっと成り行きを見守る。

女は、何の躊躇《ためら》いもなく、笛に赤い唇を押し当てた。そして、髪を振り乱し、すさまじい勢いで龍笛《りゅうてき》を奏し始めた。

女の奏《かな》でる曲は、同じ笛とは思えないほど、司野のそれとは異なっていた。女の吹く笛の音は酷《ひど》く乱れ、時々ヒステリックに甲高《かんだか》い音を立てた。曲調も、司野が吹いていたものよりテンポが速く、音階の移動も激しい。

（これ……この臭《にお》い……そして熱い……）

森の背中に張り付いて女の姿を見上げていた敏生は、ふと焦げ臭い空気が鼻を掠《かす》めるのに気づいた。火の気などどこにもないのに、パチパチと火が爆《は》ぜる音が聞こえ、熱風が肌を焼くほどの勢いで吹きつけてくる。

呆然《ぼうぜん》と見守る三人の前で、女は身を捻《ねじ》るようにして笛を吹き続け……やがて、その笛を畳に叩《たた》きつけた。

「あっ！」

「よせ、敏生！」

半ば反射的に落ちた龍笛《りゅうてき》を拾い上げようとした敏生を、森が素早く抱き留める。司野は、凛《りん》とした声で女に命じた。

「ここより去れ。忌《い》まわしき死霊《しりょう》め！」

『忘れぬ……この世が終わろうとも、けっして忘れぬ……。死しても……この身はけっして朽ちぬぞ……！』

それは、血を吐くような叫びだった。その闇《やみ》を切り裂くような声が消えると同時に、熱風が渦巻いた。その風が吹きすぎたとき、女の姿は跡形もなくかき消えていた。

あまりにも急に訪れた暗闇《くらやみ》と静寂に、三人はしばらくそのままの姿勢で沈黙していた。最初に動いたのは、司野だった。彼は無惨《むざん》にうち捨てられた笛を大切そうに取り上げ、そして満足げに頷《うなず》いた。

「抜けたな」

森は、無言のまま敏生の体を離し、席を立った。部屋の明かりをつけ、立ったまま司野に問いかける。

「……あの女がか？　では、笛は持ちこたえたわけか」

司野は頷《うなず》き、しげしげと龍笛《りゅうてき》を眺めた。外見的には、さっきと何一つ変わったようには見えない。

「ああ。これで、笛についてはもはや何の問題もない」

敏生は啞然《あぜん》としつつも、膝立《ひざだ》ちで司野のそばに行き、龍笛を見た。確かに、あれほど強く感じていた禍々《まがまが》しい気が、まったく感じられない。やはりあの「気」は、数分前、彼らの前に現れた女の死霊《しりょう》が発していたものなのだろう。

「でも……あの、笛からあの女の人が抜けたことはよかった……んだと思うんですけど……。笛が無事なのも、もちろん素敵《すてき》なことなんですけど……」

「何だ？」

司野は、龍笛《りゅうてき》の表面を楽しげに撫《な》でながら、じろりと敏生を見る。敏生はたじろぎながらも、口ごもりつつ言った。

「その……あの女の人……妖《あやか》しっていうか、幽霊だったんですか？」

「幽霊というほど、はかないものではなかったな。あれは死霊《しりょう》だ。幽霊よりずっとしぶとい……人と妖しの中間に位置するものだ」

「……どうして、死霊がその笛に？」

「おそらく、あの女はこの笛の持ち主のひとりだったんだろうよ。辰冬が生きていた時代には、龍笛を吹く女など考えられなかったが。……死ぬときに、よほど大きな恨みを抱《いだ》いていたらしい。その恨みと怒りが……女の死の瞬間、この笛に宿った。そして、その恨みの大きさゆえに、ほかの誰の念とも混じらず、時を経ても薄れることなく、笛にしっかりと根を下ろし……笛が放置され、衰えるとともに、女の念も笛の内に捕らわれることとなったのではなかろうか」

司野はあっさり答える。敏生は、ますます不安げな顔になった。

「いったいどんな恨みだったんだろう……」

「さあな。そんなことは、俺の知ったことか。笛に力を与えたことで、笛の中に潜んでいたあの女の死霊にも力が戻り、自発的に笛を去った。楽な仕事だったな」

敏生は、森の顔をちらと見てから、質問を続けた。

「で、でも！　あの人、凄《すご》くきっぱりと『消えない』って言ってました……よね？　何か、凄く怒ってるっぽかったし……」

「それが？」

「それがって……。あのぅ。消えなかった場合、あの人、笛から出てどこへ行ったんでしょう」

「知るか」

「そ、そんな。だって、何か恨みがあったから、これまで笛の中で粘ってたんでしょう？　だったら、力をつけて笛から出ていったら、何かやらかしちゃうんじゃ……」

「それは俺の知ったことではない」

「そんなあ……」

そのとき、二人の会話を黙って聞いていた森が、ボソリと言った。

「あんたがさっき吹いていた曲は……夜半楽《やはんらく》だったか？」

司野は頷《うなず》く。

「そうだ。さすがによく知っているな」

「いや……。だが、あの女の吹いた曲は知らない。やけに激しい調子の曲だったな」

「ああ、あれか」

司野は、ほんの一、二秒考え、そして確信を持ってこう言った。

「あの女の奏した曲……稚拙ではあったが、あれは『抜頭《ばとう》』……復讐《ふくしゅう》の曲だ」

五章　すべての山に登れ

「ばとう……？　ばとうって、すっごい勢いでけなされることですか？　よく、小一郎《こいちろう》が僕にするみたいに」

　きょとんとする敏生《としき》に、司野《しの》はあからさまに呆《あき》れ果《は》てた口ぶりで言った。

「阿呆《あほう》。それは罵倒《ばとう》だろう。俺が言っているのは、頭を抜くと書いて『抜頭《ばとう》』だ」

「頭を抜く……？　な、何か物騒なタイトル……」

「それが、曲の名前なのか？　それに、復讐《ふくしゅう》の歌とは？」

　さすがの森《しん》にも、耳慣れない言葉だったのだろう。訝《いぶか》しげに司野に訊《たず》ねた。

　司野は、出来の悪い生徒たちを前にした教師のように深く嘆息し、しかし律儀《りちぎ》に説明を始めた。

「あの女が奏したのは、太食調《たいしきちょう》の抜頭だ。天平《てんぴょう》年間に、林邑《りんゆう》の僧仏哲《ぶってつ》によって日本に伝えられたと言われる古い曲で……」

「りんゆうって？」

「……小わっぱ。お前は黙って聞いていることすらできんのか！」

「う、ご、ごめんなさい。でも、りんゆうって何ですか？」

司野に叱《しか》られて小さな体をもっと小さくしながらも、敏生は疑問を解消したい気持ちを抑えられず、再び同じ問いを口にする。司野は、つけつけと言った。

「林邑《りんゆう》とは、今のお前たちの言葉で言えば、ベトナムのことだ」

「ベトナム⁉　あの国の曲なんですか、これ！」

「ベトナムか……。確かに、異国的な響きのある曲だったな」

敏生は思わず傍《かたわ》らに座す森の顔を見る。二人の胸中には、去年訪れたハノイの光景やそこでの神秘的な出来事がよぎっていた。だが、唯一この場でベトナムの思い出を共有していない司野は、二人の感慨など気にも留めずこう言った。

「ああ。俺は外国を旅したことはないから、どんな場所かは知らんが。我が主《あるじ》辰冬《ときふゆ》も、ベトナムがどのような地か、知るよしもなかっただろう。それでも、この曲の奇妙な旋律が気に入ったのか、時折奏していた。……静かな夜には向かない曲だが、嵐《あらし》の夜にはぴったりだと言ってな」

敏生は、女の死霊《しりょう》が吹いた曲を思い出しつつ、こう言った。

「ベトナムの曲なのかあ。……僕らの知ってるベトナムは穏やかな国だったけど、あの女の人の吹いた曲、物凄《ものすご》く激しかったですね。荒々しいっていうか。昔のベトナムは、今と違ってたのかなあ。それとも、本当はそれほど激しくない曲なんですか？」

「お前の印象は正しい。……もっとも、あの女の吹き様は、ほとんど狂気《きようき》の沙汰《さた》の激しさで、曲調も何もあったものではなかったがな」

「じゃあ、もとから激しい曲なんですか？　曲に、何か意味が？」

「…………」

司野は、今はもう女の怨念《おんねん》が消え、すっかり静かになった龍笛《りゆうてき》を、再び構えた。そして、さっき女が吹いたのとそっくり同じ曲をひとくさり吹いてみせた。

司野の笛は、さっきの女のそれよりはずっと静かだったが、それでも澄んだ音で奏《かな》でられるメロディーには、何かに追い立てられるようなあわただしさと、空気にピンと糸を張り巡らせるような緊張感があった。

司野は、演奏を終え、笛を下ろすと、再び口を開いた。

「曲の解釈は人それぞれだが、俺が辰冬から学んだ吹き方はこうだ。どう感じた？」

その問いが自分でなく敏生に向けられているらしいのを気取《けど》り、森は目くばせで敏生を促す。敏生は、首を傾《かし》げつつも答えた。

「何だろう……。僕の知ってる雅楽って、神社とか結婚式で流れる曲だけなんですけど」

「越天楽《えてんらく》だな」

「そうです、それそれ。それとも、さっき司野さんが吹いた……ええと……」

「あ、それ。そういうのとは全然違う曲みたいに聞こえました。僕は音楽ってどう表現すればいいのかわからないですけど、越天楽《えてんらく》とか夜半楽って、凄《すご》くゆったりした感じを受けたんです。雅楽ってそういうものかと思ってたけど、今、司野さんが吹いてくれた曲は……どっちかというとあわただしくて、そう、地団駄《じだんだ》を踏むみたいな感じかな」

その答えは、司野を失望させるものではなかったらしい。人の姿に封じられた妖魔《ようま》は、満足げにフッと笑った。

「地団駄か。その表現は悪くない。抜頭《ばとう》は、猛獣に親を殺された子供が、山野を彷徨《さまよ》ってその猛獣を探し当て、ついに親の仇《かたき》を討ち、歓喜する姿を表した曲と言われている」

「ああ、それでさっき、復讐《ふくしゅう》の歌だって言ったんですね」

「そうだ。……まあ一説には、嫉妬《しっと》に狂った唐《とう》の妃が髪をかきむしる姿を曲と舞で表現しているのだとも言われるがな」

「そちらのほうが、さっきの女の死霊《しりょう》には似つかわしい説のようだな。髪を振り乱して龍《りゅう》笛《てき》を吹く女の姿というのは、なかなかに物騒な光景だった」

真面目《まじめ》くさった顔でそう言って、森は司野をまっすぐ見た。

「それで？　これからどうする？」

「知れたことだ。借りを返しついでに、後始末をしろ」

「というと？」

司野は、畳んだ風呂敷《ふろしき》の上に龍笛《りゅうてき》をのせて、森のほうに押しやった。

「あの奇妙な風貌《ふうぼう》の職人に、修繕を完遂させろ。もう奴《やつ》の怯《おび》えていた女は抜けた。何ら問題はないと言ってやれ」

「あの職人でいいのか？　べつに早川《はやかわ》やあの水無月《みなづき》という男に義理立てしなくても、もっと経験を積んだ職人を……」

「奴でいい。仮修繕の出来映えを見れば、腕の良さはわかる。それに、楽器の声を聞くことのできる職人は、希有《けう》だからな。年齢など関係ない」

「……なるほど。あんたの笛だ、あんたの好きにするさ。では早速、もう一度高山《たかやま》へ行ってこよう」

「ああ。時間がかかってもかまわん、丁寧にやれと伝えろ。予算も気にするなと。出来上がったら、俺に直接連絡させるがいい」

あくまでも尊大な命令口調で、司野は言い放つ。森は、幾分うんざりした顔つきで、司野の「指令」を承諾した。

「了解した。では失礼しようか、敏生。もう時刻も遅いから」

「あ、はいっ」

笛をきちんと風呂敷に包み、森は立ち上がる。敏生も、まだもの言いたげな顔ながら、素直に腰を上げた。

「あの……司野さんは、どうするんですか？」

見送る気など毛頭ないのだろう、司野はどっかと座したまま、敏生をじろりと見上げた。

「何がだ」

「だから、ご主人様の龍笛《りゅうてき》……もう、心配ないんですよね？　あの女の人が出ていったから、あとは修繕すれば、その、ちゃんと吹けるようになるんですよね？」

「あの赤毛の職人が上手《うま》くやりさえすればな。……ただ、主《あるじ》の守護がかかっているとはいえ、千年の時を経た笛だ。我が主が吹いていた頃の音色には戻るまいが」

「あ、いえ、そういうことじゃなくて。笛のことが一応片づいたわけですよね。司野さんはどうするんですかって。まだここにいるんですか？　それとも……」

「ああ」

司野は肩を竦《すく》めて言った。

「修繕が完了するまでここで待つほど暇ではない。……そうだな。明日、早川に連絡して、帰りの足を手配させる。明後日《あさって》の朝にはここを発《た》てるだろう」

「……そうですか。あの、じゃあ、明日はまだここにいるんですよね。じゃあ、また高山に一緒に行きませんか？」

敏生は人なつっこい笑顔でそう言った。敏生なりに、元佑《もとすけ》の知己である司野に気を遣い、ひとりでは寂しかろうと誘ったのだろう。だが、司野は、無表情にこう言った。

「断る。もう見物は飽きた。俺は自分の為《な》すべきことをする」

その愛想《あいそ》の欠片《かけら》もない返事に落胆の色を隠せないながらも、敏生は素直に引き下がった。

「そっか……。じゃあ、せめて明日一日、のんびりくつろいでくださいね」

それに対する返事はなく、司野も二人への興味を完全に失った様子で、立ち上がると障子を開け放ち、窓際《まどぎわ》の椅子《いす》に腰を下ろした。長い足を組み、背もたれに体を預けて、漆黒の闇《やみ》を眺める。

「行こう、敏生」

「ええ。……おやすみなさい、司野さん」

森に促され、敏生は仕方なくもう一度司野に頭を下げ、部屋から出ていった。

「では」

「……天本《あまもと》」

自分も去ろうとした森だが、司野に呼び止められて振り向いた。

「何か?」

司野は、ゆったりと椅子に掛け、窓の外を向いたまま、世間話でもするような軽い調子で言った。

「俺は、任せると言ったぞ」

「……何を？」

森は、形のいい眉《まゆ》を顰《ひそ》める。司野は、やはり明後日《あさって》を向いて嘲《あざけ》るように言った。

「阿呆《あほう》のふりをして、俺を煩わせるな。後始末は任せると言ったはずだ。それが何を意味するか、わからんお前ではあるまい。……それが終われば、お前のと小わっぱの借りを、合わせて完済にしてやる」

森はそれを聞いて、眉間《みけん》の縦皺《たてじわ》を深くした。声にも、あからさまな険がある。

「それは……この後何か起こることを確信しての発言か？」

司野はようやく森を見て、冷たく口角を吊《つ》り上《あ》げた。

「さあ、どうだかな」

「何かあったときは……二人分の借りを返してあまりあると思うが」

司野は煩わしそうに書物をテーブルに置き、立ち上がった。森に歩み寄ると、至近距離に向かい合って立つ。二人の鋭い目は、ほとんど同じ高さにあった。司野は、瞬《まばた》きをしない瞳《ひとみ》で、森を見据えて言った。

「借金には利子がつくことくらい知っておけ。それに、何もなければ、何もせずに俺への借りが返せるんだ。安いものだろう」

「…………何もないなんて思っていないからこそ、わざわざ念を押したんだろうに」

森の渋い顔を面白そうに見やり、司野は森を揶揄《やゆ》した。

「かつて安倍晴明《あべのせいめい》の蘇《よみがえ》りと呼ばれた男ならば、その程度朝飯前だろう」

「それは言うな」

森はキリリと眉《まゆ》を吊《つ》り上《あ》げる。司野はますます愉快そうに言った。

「稀代《きだい》の陰《おんみょうじ》陽師の名で呼ばれて立腹するとは、不遜《ふそん》な奴《やつ》だ。まあいい。何か起こったときは、上手《うま》くやれ」

「……簡単に言ってくれる」

司野はニヤッと笑うと、森の胸を拳《こぶし》で軽く小突き、また椅子《いす》に戻ってしまう。森は、ムッと唇を引き結び、足音も荒く部屋を出ていった。


「天本さん？　どうかしたんですか？」

離れの外で寒そうに足踏みしながら待っていた敏生は、ようやく出てきた森が険しい面持ちをしているのを見て、心配そうに問いかけた。森は、自分を見上げる幼い顔に、ようやく表情を和ませる。

「いや。笛を大事に扱えと言われていただけだよ」

そんな嘘《うそ》を言い、森は敏生の背中を抱いた。

五月になるまで桜が咲かないという高山である。夜の冷え込みは、まるで真冬のようだった。二人は互いに寄り添い、白い息を吐きながら、本館へ続く薄暗い階段を下りていった。

部屋に戻ると、森は龍笛《りゅうてき》を床の間に置き、いくつか複雑な印を結んで真言《しんごん》を唱えた。長すぎて金庫に収められない龍笛が盗難に遭ったりしないように、笛を覆う小さな結界を張ったのである。

そうしておいて、ようやくホッと一息ついた森は、視線を感じて振り向いた。布団《ふとん》の上に座り込んだ敏生が、パジャマに着替えようともせず、森をじっと見ている。その鳶色《とびいろ》の瞳《ひとみ》に、新しい悪戯《いたずら》を考えついたような光がちらついているのに気づき、森は軽く警戒しつつ訊《たず》ねた。

「何だ？　もうすぐ二時だぞ。早く寝ろよ」

「司野さんの部屋、空調切ってあったから、ちょっと寒かったですよね」

「ああ、そういえばそうだったかな」

「天本さんが出てくるのを待ってるあいだも、外はずいぶん寒かったです」

「……待たせて悪かったよ。それで？」

「だから、体が冷えちゃったかなって。あのね、ここの大浴場、夜中の一時半に男女入れ替えなんですって」

「……ほう」

「だから今行くと、入れ替えしたばかりのお風呂《ふろ》なんですよ。僕ら、タイミング悪くて、まだ片方のお風呂しか入れてないじゃないですか。今行くと、もう一つのお風呂に入れますよ！」

「どっちの風呂だろうが、たいして変わりはないだろう」

「そんなことないですよう。きっと、ちょっとくらいの違いはありますって」

「どうだろうな」

森は苦笑いでクローゼットを開けた。服を脱ぎ、浴衣《ゆかた》に着替え始める。敏生は、そんな森の広い背中を見上げつつ、膝《ひざ》を抱えて座り、おねだり口調で言った。

「ねえ、天本さん。夜更《よふ》かしついでに、お風呂に行きませんか？　僕、真夜中の露天風呂ってちょっと憧《あこが》れなんですよね」

「やれやれ。変なものに憧れるものだ。まあ、寝る前に体を温めるのは悪くないか。笛を乾燥させないためにも、この部屋の暖房も控えめにしたほうがいいだろうからな」

「はいっ」

敏生はぴょんと立ち上がり、いそいそとタオル掛けから二人分のタオルを回収する。その様子を見やりながら、森は大急ぎで浴衣の帯を締めた……。

「はー、気持ちいぃ！　外が寒いから、お湯に入ってちょうどいい感じですね。これなら、いつまでも浸《つ》かっていられそう」

晴れ渡った夜空を仰ぎ、露天風呂《ろてんぶろ》の湯に肩まで浸かって、敏生は心から嬉《うれ》しそうに言った。少し遅れて湯に入った森も、手頃な岩の上に腰を下ろし、ほうっと安堵《あんど》の息を吐く。

さすがにこんな時間に入浴する物好きな客はほかにいず、広い露天風呂は貸し切り状態だった。大きな岩を組み合わせた浴槽の周囲には綺麗《きれい》に手入れされた木々が茂り、灯籠《とうろう》の柔らかな光が、ちらちらと湯の表面に煌《きら》めいている。湯気が、しんと冷えた夜気の中、白く立ち上った。

角質が融解しているのだろう。湯に浸かっていると次第にぬるついてくる腕を擦《こす》りながら、森はしみじみと言った。

「確かに、誰もいない静かな風呂は気持ちがいいな。……深夜の露天風呂に来るのは初めてだが、悪くない」

「そうでしょう？　はい、小一郎はここね」

敏生はちょっと得意げに頷《うなず》き、湯のかからない岩のてっぺんに、羊人形を座らせた。それを見て、森は呆《あき》れたように首を振る。

「おいおい、こんなところにまで小一郎を連れてきたのか？」

——も、申し訳ございませぬ。うつけが無理やり……。

羊人形は、バタバタと足を動かして弁解しようとする。敏生は、悪びれない笑顔で頷《うなず》いた。

「だって、せっかく温泉に来たのに。人形じゃお風呂《ふろ》には入れないから、猿にでも変身してよって言ったんですけど、絶対やだって。だから、せめて露天風呂の雰囲気だけでも味わわせてあげたいと思って」

「なるほど。……よかったな、小一郎」

森としては、せっかく恋人と誰もいない露天風呂で水入らず……という比較的ロマンチックな雰囲気を楽しみたい気分だっただけに、こんなときばかりは、敏生の無邪気さが恨めしい。小一郎に罪はないのだが、声音が少々冷たくなってしまうのは致し方ないところである。

主《あるじ》の不機嫌がひしひしと感じられるだけに、半ば強制的に連れてこられた小一郎は、前足を振り上げ、敏生に噛《か》みついた。

——だいたい、式神《しきがみ》が風呂に入るなど、まったく意味のないことではないか。どうせ我《われ》等《ら》は暑さ寒さなど感じぬのだぞ。

「えー。だって、司野さん、ここに来て温泉に何度も入ったって言ってたよ？　高山に行く電車の中で聞いたんだけどさ」

敏生は、小一郎をのせた岩に火照《ほて》り始《はじ》めた顔を押し当て、その冷たさに目を細めて言った。

「夜明け前の誰もいない露天風呂《ろてんぶろ》に入って、お風呂の中から日の出を見たんだって」

——そのようなことをして、何の意味があるのだ。

「そりゃ司野さんも妖魔《ようま》でお湯の熱さなんて感じないから、全然温まりものぼせもしないだろうけど。でも、山の向こうから太陽が出てくるところは絵みたいに綺麗《きれい》だったって言ってたよ。それに、普通のお風呂と違って、温泉には、水と地の『気』が含まれてるから、浸《つ》かってるとそのパワーを吸収できるって」

——ふむ。それは確かに……幾ばくかの力を感じぬこともないが。

「ねえ、小一郎も浸かってみれば？　人形のままでも、後でよく絞って干せば……」

——ええい、やめぬか！　この馬鹿者《ばかもの》、俺はあ奴《やつ》の真似《まね》ごとなどする気はないッ！

自分に向かって伸ばされる敏生の濡《ぬ》れた手を、小一郎は丸いタオル地の前足の先でペシペシと払う。

「おいおい、千年生きてきた妖魔と比較されては、小一郎もいたたまれないだろう。それに君、まさかこのまま夜明けまで粘るつもりじゃないだろうな」

閉口する小一郎のために、森は主《あるじ》らしく助け船を出してやった。敏生はクスッと笑い、小一郎から離れ、湯を掻《か》き分《わ》けながら歩いて、森の隣の岩に腰掛けた。胸から上が外に出るので、温まった体をほどよく冷ますのにちょうどいいのである。

「まさか。そんなことしたら、のぼせてヘロヘロになっちゃいますよう」

最初から半身浴を決め込んでいた森は、背後の岩肌にゆったりもたれ、さりげない口調でこう言った。

「そういえば、さっき、司野の部屋で見た女の死霊《しりょう》……」

敏生はギョッとして森の怖いくらい整った横顔を見る。森は、白く輝く丸い月を見上げ、穏やかな表情で言った。

「あの女と一緒に吹き込んできた焦げ臭い空気が、肺に溜ったようで気分が悪かったんだが……。温泉の湯気と、澄んだ夜の空気で払拭《ふっしょく》された気がするな」

敏生は硝子玉《ガラスだま》のような目をまん丸にして、森のほうに身を寄せた。

「やっぱり天本さんも感じてたんですね。あの女の人……服装からみて、うんと昔の人みたいですけど、火事で亡《な》くなったのかな。ほら、最初に龍笛《りゅうてき》を司野さんに渡されて、『読んでみろ』って言われたとき……あのときも、ちょっと焦げ臭い空気が漂ってきた気がしたんです。龍笛の端っこがホントにちょっと焦げてるの、司野さんが教えてくれたし」

「そういえばそうだったたな。あの女は、炎の中で死ぬその寸前に、あの曲を奏《かな》で、笛の中に、恨みや怒りといった凄《すさ》まじい負の念ごと、己の魂を封じ込めたんだろう。それがいったいどのくらい昔のことだったのか……装束や髪型を見る限り、桃山《ももやま》か、室町《むろまち》か……江戸《えど》時代よりは以前の人間だろうと思うが」

「そんな昔の人なんですか⁉」

「俺も、服飾史にそれほど詳しくないから、テレビドラマのイメージだがな」

「あ、そういえば。ああいうずるずるっとした着物をひっかけた髪の毛の長い女の人、NHKの大河ドラマによく出てきますもんね。戦国大名の奥さんとかああいうので。そっか。もしかしたら、あんな昔の人かもしれないんだ。人間の体は百年も保《も》たないのに、その中から出た魂とか念とかは、ずっと残っていくものなんですね」

「そうだな。笛自体は年を経て衰えていったというのに、女の憎悪《ぞうお》に満ちた魂は、朽ちることも消えることもなく笛の中でくすぶり続けていた……」

体が冷えてきたのか、それとも女の放っていた暗い「気」を思い出したのか、敏生はブルッと身を震わせ、再び顎《あご》の下まで湯に浸《つ》かって言った。

「だけど、あの女の人の『気』……いつかどっかで似たようなのを感じた気がするんだけどなあ」

「最初に龍笛《りゅうてき》を『読んだ』ときじゃないのか？」

「うーん、そのときもですけど、ほかに……。気のせいかな」

「人間の暗い情念は、時を経るうちに皆似通ってくるのかもしれないな。……人間とは、つくづく業《ごう》の深い生き物だ」

森の声がわずかに沈んだのに気づき、敏生は森の顔を見上げた。腰から上をずっと湯の外に出しているからか、温泉に浸《つ》かっていても、森の顔はロウのように白かった。月の光を浴びる端正な顔と均整のとれた上半身は、大理石の彫像のように見えた。

「天本さん……」

その人間離れした美しさに、敏生は幾分気圧《けお》されてその名を呼ぶ。森はゆっくりと敏生のほうに顔を向け、どこか悲しげに目を伏せた。

「もし、闇《やみ》の妖《あやか》しに魅入られていた河合《かわい》さんが、君や小一郎を殺していたら……あるいは、君を救うために俺が河合さんに放った念を、君が体を張って止めていてくれなかったら……万が一、それで俺が河合さんを……師匠をこの手にかけてしまっていたら。俺はどれほどの父に対する恨みと憤《いきどお》り、それに、誰よりも自分に対する怒りを、この身の内に滾《たぎ》らせていたことだろう」

「天本さん、それは……」

森は、敏生の髪に触れようとして、自分の手が濡《ぬ》れていることに気づいてまた湯の中に戻して言った。

「きっと俺も今頃、あの女の死霊《しりょう》のようになっていたんだろうと思うと、さっきは全身が総毛立ったよ」

「天本さん……。大丈夫ですよ。天本さんは、絶対にあんなふうにはなりません。僕がいるもの」

敏生は強い口調で断言した。

「敏生……」

どこか不安げな森の黒曜石の瞳《ひとみ》を見つめ、敏生はきっぱりと言った。

「絶対に大丈夫。だって、小一郎が命を懸けて教えてくれたんです。僕が生きる意味を」

「君が生きる意味？」

敏生は頷《うなず》き、背後の羊人形を見やって、優しく微笑《ほほえ》んだ。

「僕が生きてそばにいることが、天本さんの心を守ることだって。それは、僕にしかできないことだって。……それを聞いたときの僕はもうボロボロだったのに、小一郎の言葉を聞いて、体じゅうに力が戻ってくる気がしました」

「小一郎が、そんなことを……」

「ええ。僕はずっと、自分には何ができるんだろうって思ってきたんです。子供の頃から体も小さかったし、勉強もできなかったし、運動神経も悪かったし……絵だって、描《か》くのは好きだけど天才的に上手なわけじゃないし。いったい僕の取り柄は何だろう……僕が生きてる意味なんてあるのかなって思ってました。だからこそ、小一郎の言葉が凄《すご》く嬉《うれ》しかった。言葉にするのは恥ずかしいけど、天本さんと出会うためにこれまでの僕があって、天本さんを支えるために、これからの僕があるんだって思ったら、心の中のずっと空っぽだった場所が、温かいもので埋められた気がしたんです」

敏生は湯の中で、森の膝《ひざ》にそっと自分の手を置いた。

「……ね、天本さん。僕、小一郎の言葉がホントだって信じていいですか?」

森は微笑《ほほえ》み、躊躇《ためら》いながらも、濡《ぬ》れた手で敏生の髪を撫《な》でた。目の前の愛《いと》しい存在に、触れずにはいられなかったのだ。

「もちろんだ。俺が口下手なぶんを、俺の式神《しきがみ》が補ってくれるとはな。小一郎の言葉は非の打ち所なく正しいよ。……そして俺も、同じ言葉を君からもらえると期待していいんだろう? 君と出会うために俺の過去があり、君を幸福にするために俺の未来があると……そううぬぼれてもいいんだろう?」

森は照れを隠すように、おどけた口調で言う。敏生ははにかんだ笑顔で頷《うなず》いた。森は身を屈《かが》め、そんな敏生に優しいキスをした。むろん、片手で忠実な式神に、あっちを向いていろと言うことも忘れない。

唇を離し、再び岩にもたれかかって、森はふと思い出したように言った。

「そういえば、大切なことを忘れていたな」

敏生は、小首を傾《かし》げて森を見る。

「大切なこと? 何ですか?」

森は少し困った顔で、ほんのりバラ色に染まった敏生の顔を見下ろした。

「いや、司野の部屋で酒盛りをしているときに思い出したんだが。今年は、君の二十一歳の誕生日を祝ってやることができなかったな」

「……あ……」

思いがけない森の言葉に、敏生は何とも微妙な顔つきをした。森も、複雑な表情で言葉を継ぐ。

「ちょうど、君が禁断症状で大変な目に遭っていた時期に重なってしまったからな……。さすがの俺も、誕生日まで気が回らなかったよ」

「僕も、そんなことを思い出す余裕はありませんでした。後で、ああ、そういえばいつの間にか過ぎちゃったなって思っただけで」

「だろうな。だが君はともかく、俺は忘れるべきじゃなかった。すまなかった」

真摯《しんし》に謝られ、敏生は慌てて両手を振る。湯が、バシャンと小さく跳ねた。

「そ、そんな！　べつに一回くらい抜けたところで、どうってことないですよう。みんな大変だったんだし」

「そういうわけにはいかない」

森は真面目《まじめ》くさった口調でそう言い、自分が触れたせいで濡《ぬ》れてしまった敏生の柔らかな髪を一筋、指先に絡《から》めた。

「誕生日とは大事な人が生まれた大切な日だと俺に教えてくれたのは、君だろう。そんな君の誕生日を、一年たりともないがしろにはできないよ」

「……天本さん……」

森は微笑して言った。

「一か月以上遅れてしまったが、家に戻ったら、君の好きなものばかりで誕生日のご馳走《ちそう》を作ろう。……だいたい、居酒屋のチキンカツ定食であんなに喜ばれては、俺がろくなものを食べさせていないみたいじゃないか」

「そ……そんなあ。そんなこと、気にしてたんですか？　嫌だな、天本さんの作ってくれるご飯となんて、比べられませんよ」

「本当に？」

敏生は笑って頷《うなず》いた。

「毎日大騒ぎして喜ぶのも変だからしないだけで、天本さんのご飯が世界一美味《おい》しいですよ、僕」

そう言って、敏生は森の手を引っ張った。促されて、森も肩まで湯に浸《つ》かる。夜風に冷えた体を、温かな湯が柔らかな毛布のように包んだ。

「だから、誕生日にご馳走作ってくれるって聞いて、凄《すご》く楽しみです。えへへ、帰るまでに、何をリクエストするか、一生懸命考えなきゃ」

そんな敏生の鼻の頭を指先でつつき、森は言った。

「考えるのは、料理のメニューだけじゃないだろう」

「え？」

見上げる鳶色《とびいろ》の瞳《ひとみ》に、灯籠《とうろう》の光が揺らめいている。森は敏生の前髪を掻《か》き上《あ》げ、うっすら汗ばんだ額にそっと口づけた。

「遅まきながら、誕生日プレゼントもちゃんとするよ。……何がほしい？」

「あ……。えっと……」

敏生はしばらく考えていたが、急にもじもじとはにかんだ笑みを浮かべ、俯《うつむ》いた。森は怪訝《けげん》そうに、敏生に返答を促す。

「何がいい？　何でもいいんだぞ」

「……ホントですか？　ホントに何でも？」

「ああ。……まさか、自家用飛行機や家一軒なんて無茶を言うんでなければな」

「そんなこと言いませんよ」

敏生は笑いながら、ちょっと悪戯《いたずら》っぽい目で森を見上げた。

「だけど……。ちょっと時期が遅すぎたかなあ。暖かくなりすぎたかも。でも、まだ家のほうでも、夜は冷え込むから大丈夫かな……」

森は訝《いぶか》しげに眉根《まゆね》を寄せた。

「何だい？　寒くないと使えないものがほしいのか？」

「うーん、寒くないと使えないっていうか、できないっていうか……」

「ウインタースポーツの道具か何かかい？　スノーボードはやめておけよ。怪我《けが》をすると厄介だからな」

あくまで心配性な森の言葉に、敏生は笑顔で頭を振る。

「違いますってば。……あのね、セーターを買ってほしいんです」

森の眉《まゆ》がわずかに上がった。

「セーター？　べつにかまわないが、これから暖かくなるという季節に、何故《なぜ》またいったい……」

「それもね。すごーく肌触りのいい上等のセーター……って言ったら、贅沢《ぜいたく》すぎますか？」

思わぬリクエストに、森は驚きつつもかぶりを振った。

「いや。肌触りがいいといえば、モヘア……いや、カシミアだな。だがカシミアといっても、値段はピンからキリまであるから、適当な価格帯のものを選べばいいだけのことだ。それに、いいものは長く使えるから、一概に贅沢だと決めつける気はないよ。ただ、意外だった。君はあまりそういうものをほしがるタイプではないと、勝手に思っていたから」

「えへへ。確かに、僕はあんまりそんな上等の服には興味ないんですけど。とにかく汚し屋だから、すぐに駄目にしちゃいそうだし」

「だったら何故……」

「だって、着るのは僕じゃありませんから」

「……え？」

「着るのは、僕じゃなくて天本さん。天本さんに、自分用のセーターを買ってほしいんです」

「何だって？」

敏生の言うことがさっぱり理解できず、森は敏生の顔をまじまじと見た。敏生は照れくさそうに言葉を継いだ。

「天本さんに、ふわふわの気持ちよさそうなカシミアのセーターを着てほしいんです」

「どうもよくわからないんだが。君の誕生日祝いに、俺が自分用のカシミアのセーターを買うのかい？」

「ええ。その続きは、帰ってから言います」

「……理解に苦しむ」

「いいんです。とにかく、続きは家に帰ってから。はー、のぼせちゃった。僕、もう上がりますね！」

敏生はそう言って、まだ追及し続けようとした森を羽で触れたような可愛《かわい》らしいキスで黙らせると、ザバザバと湯を跳ね散らかして風呂《ふろ》から上がり、脱衣所へと去ってしまった。

「これまででいちばん奇妙な誕生日プレゼントのリクエストだな」

取り残された森は、仕方なく腰を上げた。そして、露天風呂《ろてんぶろ》を後にする前に、敏生に放《ほう》っていかれた哀れな羊人形を、ひょいとつまみ上げたのだった……。

＊　＊

翌朝、部屋係に叩《たた》き起《お》こされて朝食をすませたものの、森と敏生は昨夜《ゆうべ》の疲れが残っていて、とてもそのまま着替えて外出する気にはなれなかった。

龍笛《りゅうてき》を水無月工房に届けるという用事のためだけに、朝から張り切って出かける必要もなかろう……という森の一言で、二人は即座に出発の延期を決めた。そして、例によって一組だけ残された布団《ふとん》を奪い合い……結局、六対四の割合で分かち合って、正午過ぎまでぐっすりと眠った。

そんなわけで、二人が龍笛を携え、再び水無月工房を訪れたのは、午後三時を過ぎてからだった。四月も下旬だというのに、曇天も手伝い、その日は酷《ひど》く冷え込んでいた。空からは、ちらほらと雪さえ舞い落ちてくる。

二人を迎え入れた赤毛の雅楽器職人水無月馨《かおる》は、酷く不安げな顔をしていた。緑色の目が、落ち着きなくあちこち視線を彷徨《さまよ》わせている。それでも彼は二人を仕事場に上げ、ストーブで沸かした湯でお茶を煎《い》れた。敏生は、提げていたビニール袋を馨に差し出した。

「あのこれ、水無月さんには珍しくもないでしょうけど、駅前のお店で買ったみたらし団子なんです。ちょうどおやつの時間だし、差し入れにと思って」

「ああ、そりゃどうもありがとうございます。じゃあ、お持たせで悪いですけど、それをお茶菓子にしましょうか」

敏生のうち解けた様子に、馨もようやく少し落ち着きを取り戻したらしく、白い顔に強《こわ》張《ば》った笑みを浮かべてそう言った。

醤油《しょうゆ》味《あじ》の焼き団子という趣のみたらし団子を、三人は無言で平らげた。そして、食器を脇《わき》に片づけた馨は、タオルで綺《き》麗《れい》に手を拭《ぬぐ》い、緊張の面持ちで正座して言った。

「それで？　今日はお二人だけなんですか？　あのモデルみたいな人は？」

汚れた手をジーンズで拭《ふ》こうとした敏生にハンカチを差し出しながら、森は答えた。

「彼は今日は別の用事があるそうです」

馨は、ごくりと生唾《なまつば》を飲んで訊《たず》ねた。

「その……あの人、あれから本当にあの笛を吹いたんですか？」

森はごく事務的に答える。

「ええ。もうこの笛には何の害もなくなったので完璧《かんぺき》な修繕を頼むと、彼からの伝言を預かってきました」

余計なことは何一つ話さず、森は風呂敷包《ふろしきづつ》みを馨の前に置いた。

「……改めて拝見します」

馨は緊張しきった面持ちで包みを解き、腫《は》れ物《もの》に触れるような手つきで、龍笛《りゅうてき》を取り上げた。そして、おそるおそる身を屈《かが》め、目を閉じて、龍笛の声にしばし耳を傾けた。森と敏生は、その様子をじっと見守る。

やがて顔を上げ、龍笛を膝《ひざ》に置いた馨の顔には、安堵《あんど》の色が広がっていた。

「本当だ。あの怖い女の人の気配が、綺麗《きれい》さっぱり消えてますね。それに、笛自体が凄《すご》く生き生きしてる。ああ、そうか……。やっぱりこれがこの笛が本来帯びてた気配なんだ。穏やかで優しい、いい雰囲気の笛になってます」

「直せますか？」

森の問いに、馨は白い頰《ほお》を紅潮させて頷《うなず》いた。さっきまでの硬い表情が消え、若々しい白い顔には、喜色がみなぎっている。

「ええ、そりゃもう！　……あ、あの、僕、子供の頃から父の仕事を手伝ってきましたから、年のわりには経験を積んできたと思います。もちろん、職人は一生が修業ですから、満足してるわけじゃ全然ないんですけど」

馨は、やや興奮ぎみのうわずった声で、早口に続けた。

「そ、その、僕が言いたいのは……ええと、僕の腕を信用してくださいってことなんです。ほら僕、見てくれがこんなだし若造だし、なかなかお客さんから信頼を得るのが難しくて。……だから、こんなに古い笛を修繕させてもらえるのは、凄《すご》く嬉《うれ》しいです」

森は頷《うなず》き、馨を落ち着かせるように、ことさら静かな声で言った。

「時間がかかってもいいから丁寧に。そして予算はいくらかかってもかまわない……というのが、司野からあなたへの伝言です」

「この上なく気前のいい申し出ですね」

「それだけ、これが彼にとって大切な品だということでしょう。修理が終わったら、ここへ連絡してやってください」

森は、以前に司野から預かった彼の経営する骨董店《こっとうてん》の名刺を馨に差し出した。それを受け取り、馨は「はあ」と納得したような声を出した。

「なるほど、骨董屋さんですか。じゃあ、古いものにも通じておられるわけだ。プロを唸《うな》らせることができるように気合いを入れて、ベストを尽くしますよ。……でも……」

馨は、また心配そうに顔を曇らせた。敏生は、そっと問いかける。

「あの、どうかしたんですか?」

馨はしばらく口をもごもごさせていたが、やがて思いきったように言った。

「あの!　ぼ、僕は術者じゃないし、僕が口を出すことじゃないんですけど……この笛に巣くってたあの怖い女の人は、っていうか女の人の魂は、いったいどこへ？　早川さんは、術者ってのは、ああいうお化けみたいなのを退治できるんだって言ってましたけど、あの辰巳《たつみ》さんって人も、やっぱりあなたがたと同じように術者なんですか？　そうして、あの女の人の魂を、退治しちゃった……消しちゃったんですか？」

「あ……それは……」

口ごもる敏生の傍《かたわ》らで、森はあっさりと答えた。

「司野は確かに術者のような力を持っていますが、仕事でない限り、余計な骨折りはしない男です。ですから、大切な龍笛《りゅうてき》に居着いた目障《めざわ》りな女の死霊《しりょう》を追い出しはしましたが、去った女を執念深く追いかけて消すようなことはしませんでした」

「ええっ。……じゃあ、笛から抜け出した死霊は、消えてないんですか？　いったいどこへ？」

「さあ。司野ならともかく、我々には知るよしもありません。……強い恨みが、あの女を長い年月、この世にとどまらせてきました。おそらく、あの女はかつてのこの笛の持ち主のひとりなのでしょう。そして彼女が何らかの理由で世を去った後、この笛を所有した持ち主たちの何人かは、笛を吹いてみたかもしれない。ですが、ただの人間では、楽器の命を長らえ、維持することはできても、新たに力を与えることはできない。……だからこそ龍笛は少しずつ衰え、今のような哀れな姿になってしまった」

馨は頷《うなず》き、膝《ひざ》の上に置いた龍笛《りゅうてき》のささくれ立った表面を、痛ましげに撫《な》でた。森はそれを見ながら言葉を継いだ。

「ですが、司野は、優れた術者で……ただの人間ではありません。その司野が笛を吹くことにより、笛は力を与えられ、その音色は見事によみがえりました。しかしながら、それは同時に……」

「同時に、その中に宿る『もの』にも力を与えてしまった……。ああ、そうか。あの女の人、笛に魂を宿らせたはいいけど、それからずっと、笛から出ていく力はなかったんですね？」

さすが「組織」に協力しているだけあって、馨は的確に森の言わんとしていることを察する。森は頷き、言葉を足した。

「ええ。これまで、強い恨みの念を抱《いだ》きつつも笛から出ることができず、ただ無為に年月を重ねてきた女が、司野が笛に与えた力を自らも得て、ついに笛を抜け出すことに成功した……」

「待ってください。僕の聞いた声が間違いじゃなければ、あの女の人、何かを凄《すご》く恨んで、腹を立ててませんでしたか？」

森は黙然と頷く。それまでおとなしく聞いていた敏生も、我慢できなくなって森に訊《たず》ねた。

「天本さん、僕も昨夜《ゆうべ》から、それが心配だったんです。あの女の人、自由の身になったわけですよね。だったら……その、あれから恨みを晴らしに行ったんじゃないかなって」

馨も我が意を得たりと勢いよく頷《うなず》く。森は、心の中で深い溜《た》め息《いき》をついた。

（おそらく……司野も同じように考えたからこそ、後始末をしろと俺に言ったんだろうが……。しかし、何事もなければそれに越したことはないんだ。敢《あ》えて今は言うまい）

森の胸にも、馨や敏生と同じような懸念《けねん》がずっとわだかまっている。それでも森は、心の中で盛んに自己主張する悪い言霊《ことだま》を頑強に無視してこう言った。

「だが、おそらくは何百年も前の人間だ。恨みを晴らすといっても、相手が生きているわけではなかろう。それに、あの女がどこの生まれかも俺たちは知らないんだ。恨みを晴らしたい相手の……そうだな、子孫でもどこかにいると仮定して、そいつが世界中のどこに存在するのかも、俺たちにはわからない。お手上げだよ」

やけにさばさばした森の物言いに、敏生は違和感を覚える。

（天本さん……ホントは気になってるみたい。そうでなきゃ、こんなに投げやりなものの言い方しないもんな……）

だが、馨を心配させまいという森の気遣いをぶち壊しにするわけにもいかず、敏生はじっと沈黙を守っていた。一方の馨は、森の言葉に幾分安心したらしく、笛を作業机に置いて、席を立った。

「それもそうですよね。術者さんのすることだから、間違いはないか。……ああ、ちょっと待っててください。預かり証を書きますので」

森は意外そうに、赤毛の職人を見た。

「預かり証など……早川に紹介された職人のあなたに、そんなものを書いていただく必要はありません」

だが、馨は笑って頭を振り、デジカメで龍笛《りゅうてき》を様々な角度から撮影しながら言った。

「いえ、僕を信用してないいんじゃないかとか、疑ってるわけじゃないんです。ただ、楽器というのは世界にたった一つの大切なものですから、責任を持って確かにお預かりしましたよっていう意思表示みたいなもんです。僕の単なるこだわりですから、気にしないでくださいい。あ、そうだ。しばらくお待たせしますし、テレビでも見ててください。お茶のお代わりは、好きに淹《い》れてくださいね。じゃ、二階のパソコンで打ち出してきます」

そう言って、馨は作業場の小さなテレビをつけてから、階段を上っていった。

行儀よく正座していた敏生は、早速足を胡座《あぐら》に組み替え、痺《しび》れたつま先を両手で揉《も》みほぐす。その子猿のような姿を見て軽く嘆息し、森は仕方なくテレビに視線を向けた。

馨がつけていったチャンネルは、どうやらローカル局だったらしい。いかにもそれらしい簡素なスタジオで、まだ若い男女が和やかに地方の小さなニュースを報道している。

年老いた老人の職人仕事やら、評判のランチを出す人気レストランやらを紹介する他愛《たあい》ない番組を退屈しのぎに見ていた森は、ふと眉《まゆ》を顰《ひそ》めた。

「天本さん？　どうかしたんですか？」

森は、唇に人差し指を当てて敏生を黙らせ、その手で画面を指さした。森の意図を理解した敏生も、画面に見入る。女性アナウンサーがやや困惑の面持ちで読み上げたのは、「今日昼過ぎ、高山の松倉《まつくら》城址《じょうし》で観光客がマムシに嚙《か》まれた」というニュースだった。

『観光客は、通りかかった車のドライバーに助けを求め、すぐに病院で手当てを受けて、命に別状はないそうです。観光客は、城址でマムシの大群を見たと語っており、状況の確認が行われるまで、城址への遊歩道は閉鎖されることになりました。蛇の専門家を交えた調査は、明後日行われる予定です』

ニュースをひととおり読み終えた女性アナウンサーは、不思議そうに首を傾《かし》げてパートナーの男性アナウンサーを見た。

『確かに、松倉城址にはマムシがよく出ると言われていますが、まだまだ寒い今の時期にマムシが大量に出ることは、ちょっと考えにくいですねえ』

傍《かたわ》らで、男性アナウンサーも首を捻《ひね》る。

『そうですね。一匹だけでしたら、季節を先取りしてしまったちょっと気の早い蛇、ですむんですがね。まあ、調査が終わるまで、皆さん、松倉城址へのハイキングはくれぐれもお控えください。いや、こんなに寒くては、ハイキングどころじゃないかもしれませんけどね』

　そんなカジュアルなコメントを添えて、二人はあっさりと次のニュースへと進む。

　敏生は、何とも言えない顔つきで森を見た。

「蛇の大群ですって。やだなあ……何か、思い出しちゃった。あのときのこと」

「……すまん」

　森は、苦々しい面持ちで低く謝る。以前、とある事件の終幕に、トウビョウと呼ばれる蛇の式神《しきがみ》が、自宅の居間を覆い尽くしたことがあった。そのとき、森は瀕死《ひんし》の重傷を負い、自分の血で居間のカーペットを深紅に染めた。森が死ぬかもしれないという恐怖に曝《さら》された敏生の心労は並大抵のものではなく、それ以来、蛇が少々苦手になってしまったらしいのだ。

　森の表情が曇ったのに気づき、敏生は慌てて首を振った。

「あ、ごめんなさい。僕、ついうっかり……。あの、気にしないでくださいね」

「いや、いいんだ。君こそ、そんな顔をしないでいい。……それにしても奇妙だな。雪がちらつくこんな寒い日に、マムシが大群を成しているなんて」

「ホントですよね。気持ち悪いな」

　ストーブが近くにあるので、二人のいるところはそう寒くない。だが、敏生は背筋に走った寒気に、小柄な体を小さく震わせた。

そのとき、頭上の床がみしっと鳴り、やがて馨が階段を体をやや斜めにしてとんとんと下りてきた。踏み板の幅が狭く傾斜が急なので、どうしてもそういう下り方になってしまうらしい。

「すみません、お待たせしちゃって。……あれ？　どうかしたんですか、お二人とも。何だか妙な顔をして」

手に紙片を持った馨は、訝《いぶか》しげに森と敏生を見た。森は、ごくさりげなく答える。

「いや、テレビで、松倉城址《じょうし》で観光客がマムシの大群に襲われて噛《か》まれたらしいというニュースをやっていたもので」

馨も、それを聞いて嫌そうに顔を顰《しか》めた。

「うわあ、そりゃ怖いな。松倉城址って、確かにマムシが多いところだし。でも、変ですね、こんな寒い日にマムシの大群なんて。でも、ほかのものと見間違えるとは思えないしなあ」

そんなことを言いつつ、馨は森の前に座り、紙片を差し出した。それは、彼が二階で作成してきたという龍笛《りゅうてき》の預かり証だった。さっきデジカメで撮影し、パソコンに取り込んだ龍笛の写真に添えて、笛の現在の状態と損傷箇所、それにこれからの具体的な修繕方針が明記してある。いかにも伝統的な工房の景色とは対照的に、極めて現代的な書類だった。

「二通作成しました。お互い署名して、一通ずつ保管するということで。持ち主の方が来ておられないんで、あなたのサインをお願いできますか？」

「ええ。預かり証は、早川を通じて司野に渡すようにします」

森と馨は、二通の書類にそれぞれサインすると、綺麗《きれい》に折り畳んで封筒に収め、それぞれ一通ずつ手に取った。

森は、封筒をジャケットの内ポケットに差し入れると、姿勢を正し、馨に一礼した。

「では、よろしくお願いします。以降の連絡は、直接司野にお願いします。……もうお会いすることもないかと思いますが、どうぞお元気で」

「それはどうかなあ」

馨は真顔で言った。森は眉根《まゆね》を寄せる。

「というと？」

「いや、早川さん絡《がら》みだし。楽器関係の仕事だってまたあるかもしれないし。あなたがたとはまたいつかどっかで会う気がします。……それまでに、もっと腕を磨いておきますよ」

「……では、こちらも術者の腕を磨くことにします。それではこれで」

森は腰を上げる。敏生もジャンパーに袖《そで》を通して、ぴょこんと立ち上がった。

馨は、戸口まで二人を見送った。相変わらず空はどんよりと曇っており、まるで薄暮のように暗い。三人の頭上からは、ひっきりなしに雪が舞い落ちた。

馨は、空を見上げてつくづく不審そうに言った。

「まったく、こんな日に蛇なんて。天災の前触れとかなのかな……ちょっと不気味ですね。地震とかあったら嫌だな」

「まったく……ああ、そういえば、その松倉城址《じょうし》というのは、どのあたりにあるんですか?」

森は、ふと思いついて馨に訊《たず》ねた。馨は、ちょっと考えてから答える。

「ええとね。山の上なんですよ。そうだな……『飛騨《ひだ》の里《さと》』には行かれました?」

敏生はこくこくと頷《うなず》く。

「ええ、おとといの午後に。最初にここに笛を持ってきた後で行ったんです。合掌造りの家をスケッチしてきました」

馨はそれを聞いてにこっとした。

「ああ、じゃあ話が早いや。あの『飛騨の里』っていうのが、松倉城の武家屋敷跡に建てられてるそうなんですよ。だから、池の真正面にある山のてっぺんあたりが、ちょうど松倉城の本丸跡って感じになりますね。……昔に焼け落ちてしまったから、もうホントに痕《こん》跡《せき》しか残ってないんですけど。僕も子供の頃、いっぺんだけ行ったことがありますよ」

「……あ……」

それを聞いた途端、敏生は、オムレツを食べて卵の殻を嚙《か》み当《あ》ててしまったような表情をする。だが敏生は敢《あ》えて何も言わず、馨にぺこりと頭を下げた。

吹きすさぶ冷たい風の中、二人は足早に表通りに出た。まだ街灯が点《つ》かない表通りのアーケードは、暗く沈んで見える。森は、駅に向かう道すがら、ふと足を止め、敏生の顔を覗《のぞ》き込《こ》んだ。

「どうした？　さっきから様子がおかしいぞ、君」

「うーん……」

敏生は浮かない顔で口をむずむずさせていたが、やがて思いきったように森の顔を見上げた。

「さっきね。水無月さんが言ってたでしょう。あのニュースで言ってた松倉城址《じょうし》って、『飛騨の里』の池の真正面に見える山のてっぺんにあるんだって」

「ああ、それが？」

「あのね……あんまり唐突で、しかも微《かす》かだったから、気のせいかと思ってあのときは天本さんにも龍村《たつむら》先生にも言わなかったんですけど……」

「うん？」

「『飛騨の里』で池の近くのベンチに座ってスケッチしてたとき、ちょっと目を休めようと思って山を眺めたんです。そしたら……急にゾクッとしたんです。ほんの一瞬で、しかも一度っきりだったし……特に気持ちが悪くなるとかそんなこともなかったし、一緒にいた小一郎も特に感じなかったって。だから、きっと寒かったせいだって思うことにしたんですけど」

森は、視線だけで敏生に続きを促す。敏生は、考え考え言った。

「……でも、さっき松倉城址《じょうし》の場所を聞いたとき、思い出したんです。あのとき池の畔《ほとり》で感じた悪寒《おかん》って、司野さんの笛から出てきたあの女の人を見たときに感じたものと同じだって。池で感じたのは、遠くから呼ばれたような、そんな感覚だったんですけど」

「何だって？」

森は目を見張る。敏生は、心配そうに森を見て言った。

「『飛騨の里』に行ったとき、司野さんの龍笛《りゅうてき》を『読んだ』人間は、僕だけだったですよね？」

「ああ……俺はリーディングでは君に敵《かな》わないから、敢《あ》えて君の後に同じ方法を試そうとは思わなかったしな。さっさと呪《しゅ》を施した風呂敷《ふろしき》で包んでしまった」

「でしょう。だから……今になってこう思うんです。笛の中にいた女の人の『気』に触れたことのある僕だから、『飛騨の里』で、女の人の暗い念を感じることができたんじゃないかって。ほら、匂《にお》いの粒子って、肌とか髪とかにくっつくっていうでしょう？　同じように、笛を読んだとき、女の人の念の欠片《かけら》みたいなのが、僕の心にもくっついてたのかも。だから……」

「だから君だけが、君の心に残った自分の念の欠片《かけら》に反応する女の『気』を感じ取ったというのか？　だが、敏生……。もしそうだとしたら、女の念が、あの笛以外の場所にも残っていたことになる。そしてそれは……」

敏生は深く頷《うなず》いた。

「松倉城址《じょうし》の近く……？」

「君の感覚を信じるなら、あるいは女の亡骸《なきがら》か何かが、松倉城址近くの山中にあるのかもしれないぞ。それなら笛から出た女は、そこへ向かう可能性がある」

「ええ。だから、もしかしたらさっきのニュース……季節はずれのマムシの大群って、あの女の人に何か関係があるんじゃないかって。全然確信はないんですけど、ふとそんなふうに感じたんです」

「……君の嫌な予感は高率に当たるからな」

森は嘆息して、夕暮れ時の曇天を仰ぎ、それから敏生の顔に視線を戻した。敏生は、大きな目でじっと森を見上げ続けている。その鳶色《とびいろ》の瞳《ひとみ》にみなぎる強い意志に、森は小さく嘆息して言った。

「だが、龍村さんにも別《わか》れ際《ぎわ》に言われただろう。君はここに仕事をしに来たんじゃない。静養に来たんだ」

「それは……そうですけど。でも、気になってとても静養どころじゃありませんよう」

「君の気性ならそうだろうな。俺も、君の言葉を聞いてしまっては、気のせいだろうと片づける気にはなれない。……それに……実は昨夜《ゆうべ》、司野に言われているんだ。後始末を任せると」

「後始末？」

「おそらく、女を笛から追い出して、めでたしめでたしでは終わらないことを、司野は予想していたんだろう。だから、今回の件の後始末で、俺たち二人が彼に作った借りを完済にしてやると言っていた」

「そんなことを……。じゃあ、なおさら頑張らないと！」

「おい、敏生。君は……」

森は、君は頑張らなくてもいいと言おうとしたのだが、敏生はそれを遮ってキッパリと言った。

「僕は大丈夫ですってば。頑張って、僕たちのこと、司野さんに認めてもらわなきゃ。それに命に別状はないとはいえ、観光客の人がマムシに嚙《か》まれて怪我《けが》しちゃってるんだし。もし、こんな寒い日にマムシがたくさん出てきたのが、あの笛から出ていった女の人に関係があるのなら、僕たちが責任取って解決しなくちゃ駄目ですよ！」

敏生がこう言い出したら絶対に後には引かないことは、誰よりも森がいちばんよく知っている。それに、うっかり「司野に後始末を任されたのは俺だから、君は静養していろ」

などと言おうものなら、おそらく敏生は、烈火のごとく怒り出すだろう。

「僕たち……か。だが、君に無茶をさせたら、俺が龍村さんに絞められる」

「そ、そりゃまだ、体力には自信ないですけど……でも、無理しないようにしますから！　龍村先生に叱《しか》られるようなことしないですから」

敏生の意気込みに、というより彼が口にした「僕たち」という言葉の甘さに説き伏せられて、森は心の中で龍村に謝りつつ頷《うなず》いた。

「わかった。……小一郎」

――はっ。

羊人形から虚空《こくう》に抜け出した式神《しきがみ》の声が、すぐさま答える。森は簡潔に指令を下した。

「早川のもとへ飛べ。そして、高山の松倉城址《じょうし》について歴史的な資料を大至急揃《そろ》えてくれと言ってくれ」

「はッ」

答《いら》えがあったと思うと、二人の頭上で鳶《とび》がくるりと輪を描《か》いた。一声甲高《かんだか》く鳴いて、鳶は弾丸のようなスピードで飛び去る。

「小一郎、鳶には変身できるようになったんだ」

「雑霊《ざつれい》を喰《く》って、かなり力を戻してきたからな。……さて」

森は、駅のほうを見やって言った。

「もうすぐ日暮れだな。とりあえず、今日のところは宿に戻って……」

「あの！」

だが、敏生はそんな森のコートの袖《そで》を摑《つか》んで、こう言った。

「今から……行ってみませんか、松倉城址」

「今から？　だが、もう日が落ちるぞ」

「でも……今、松倉城址《じょうし》への遊歩道、閉鎖されてるんでしょう？　昼間だったら、監視の人とかがいて、入れないかもしれないですよ」

「……それもそうか。だが、山の頂上だろう。まともに登れば、何時間もかかるんじゃないか？」

それを聞いて、敏生は幼い顔を顰《しか》めた。

「それはちょっと困りますよね。う～ん、どうしよう」

「とりあえず、駅のあたりで訊《き》いてみるか」

そこで二人は、高山駅近くのバスターミナルで、受付をしていた女性に松倉城址への行き方を訊いてみた。親切に教えてくれたその女性によれば、「飛騨の里」近くから遊歩道があるが、そこを行くとやはり数時間かかるらしい。だが、自動車で本丸のかなり近くまで行けるらしいと聞いて、敏生は顔を輝かせた。

「ね、天本さん。タクシーで近くまで行けば……」

「馬鹿《ばか》。こんな時間から、そんなところに行く奴《やつ》はどう考えても普通じゃないだろう。不審がられて警察に通報でもされたらどうする」

「あ、そうか。じゃあどうしましょう」

森は少し考え、そしてこう言った。

「仕方ない。レンタカーを借りるとするか」

そこで二人は、高山駅でレンタカーを一台調達し、早速松倉城址《じょうし》へと向かったのだった……。

六章　サウンド・オブ・サイレンス

バタン！

車のドアを閉める音が、やけに大きく周囲に響き渡った。

車外に出た敏生《としき》は、肌に切りつけてくる風の冷たさに身震いした。夕暮れの冷え込みに加えて、山独特の寒さがジャンパーの生地を通して肌に染《し》み透《とお》った。

「飛騨《ひだ》の里《さと》」の前を通り過ぎ、細く曲がりくねった山道をしばらく行くと、やがて道幅が開けた場所に行き当たる。そこで二人は調達したばかりのレンタカーを停《と》め、外の様子を見ることにしたのだ。

厚い雲に隠されて夕日は見えないが、日没が間近に迫っているのだろう。周囲はかなり薄暗かった。小さな駐車スペースは、小高い広場に隣接しており、そこからは「観音像」に続く遊歩道が延びている。

しかし敏生はそちらへ行こうとはせず、ただ目を閉じて、じっと立ちつくしていた。その様子は、まるで、猟犬の接近を察知しようと耳をそばだてる兎《うさぎ》のようだった。

　敏生が笛から抜け出した女の気配を捜しているのだと悟った森《しん》は、自分もその傍《かたわ》らでひたすら待った。そんな森にも、車を降りてからずっと、うなじの毛が逆立つような戦慄《せんりつ》が走っている。

（……確かに……この感じは、龍笛《りゅうてき》から女が出てきたときの空気と極めて似ている……）

「あっちだ。あっちから嫌な感じが伝わってきます」

　やがて目を開けた敏生は、確信を持った声で、細い道の向こうを指さした。それは、松《まっ》倉《くら》城址《じょうし》本丸に続く遊歩道だった。敏生は、暗がりを透かすように森の顔を見上げ、きっぱりと言った。

「天本《あまもと》さんも感じるでしょう？　あの女の人、やっぱりここに来てる……。もっと、ずっと上のほう」

　森は頷《うなず》き、トランクの工具箱から非常用の懐中電灯を取り出した。

「ああ、俺も感じる。……ここまで来たら、気配を追ってみないことには宿に帰る気になれないだろう。真っ暗になる前に、急ごう」

「はいっ」

　本丸へ続く遊歩道の入り口には、小さな祠《ほこら》がある。その祠のすぐ前に無造作にロープが張られ、「マムシ大量発生の通報があったため、しばらく閉鎖します。入らないでください」とマジックで大きく書いた立て札が立っていた。「マムシ」の三文字だけが、赤いインクで書いてある。こうしておけば、封鎖方法はごく簡単でも、わざわざこの先へ行こうとする人間はいないだろう。

だが二人は、何の躊躇《ためら》いもなくロープを乗り越え、遊歩道を歩き始めた。

遊歩道というより登山道といったほうが正しいような細くてでこぼこの山道は、なけなしの光が木々の梢《こずえ》に遮られ、足元がほとんど見えないほど暗い。

電池のバッテリー残量が心配なので、いざというときまで懐中電灯は使わないことにして、二人は黙々と暗い山道を登った。一応、整備されてはいるものの、細い道のすぐ両側はびっしりと笹《ささ》が茂った藪《やぶ》になっていて、いかにも蛇が多く生息していそうな物騒な雰囲気をかもしている。

「あっ」

背後に小さな悲鳴と鈍い物音を聞いて、森は振り返った。木の根に足を取られたのだろう、敏生がそれは見事なポーズで転んでいる。森は慌てて敏生の前に片膝《かたひざ》をつき、抱き起こした。

「おい、大丈夫か」

「う……いたたた、急がなきゃと思って、つい……躓《つまず》いちゃいました。だ、大丈夫、ですっ」

そうは言ったもののまだ座り込んだままの敏生は、肩で息をしている。まだ体力が回復しきっていないだけに、山道が酷《ひど》くこたえるのだろう。

「大丈夫です。さあ、早く行かなきゃ」

敏生は自分に言い聞かせるようにそう言って、立ち上がろうとした。しかし森は、そんな敏生にこう言った。

「抱かれるのと背負われるのとどっちがいい？」

「……え……」

「息が上がってるじゃないか。まだ本丸まではずいぶん登らなければならないようだ。病み上がりの君にはきついだろう」

敏生は慌てて両手を振った。

「そ、そんな。僕、もう大丈夫ですから」

「日暮れまでに、本丸にたどり着きたいんだろう？　こんなところで恥ずかしがっている場合じゃない」

「う。……じ……じゃあ……おんぶで……」

「よし。だったら早くしろ」

森は片膝《かたひざ》をついたままで、敏生に背中を向ける。敏生はおずおずと森の背に負われた。

「これを持ってろ。……行くぞ」

懐中電灯を敏生に持たせ、森は敏生の腿《もも》を両腕で抱え上げて、確かな足取りで歩き出した。森の耳元に口を寄せ、敏生はちょっと甘えた声で囁《ささや》く。

「前に、金刀比羅宮《ことひらぐう》でもこんなふうにおんぶしてもらいましたね、天本さんに」

「そういえばそうだったな。やれやれ、病後だから体力がないのかと思っていたが、単なる鍛錬不足か」

「えへへ」

そんな他愛《たあい》ない会話を交わしつつも、二人は、次第に女の放つ禍々《まがまが》しい気が強まってくるのを感じていた。

（……近い……。やっぱり、僕が「飛騨の里」で感じたあの女の人の「気」は、このあたりから来てたんだ……）

瘴気《しょうき》が体表から体内に染《し》み透《とお》ってくるようで、敏生は思わず体を硬くする。首にまわされた腕に力がこもったことで、森は敏生の緊張を感じ取った。

「そろそろ、懐中電灯をつけておいてくれ。……俺にもはっきり女の『気』が感じられる。前に、池の畔《ほとり》で君が感じたのと比べて、どうだ？」

敏生はぱちんと懐中電灯をつけ、頼りない光で森の前方の地面を照らしつつ答えた。

「前はホントに……たとえれば、遠くから姿がちらっと見えたような感じだったんだけど……今は、全身で感じます。近いです」

「ああ。気をつけろ」

「はいっ」

敏生は、森が少しでも歩きやすいようにと、照らす場所に気を配る。森は、敏生を支えるのに両手を使っているので少々苦労しつつも、早い足取りで急な傾斜を登っていく。

周囲は、加速度的に暗さを増していた。闇《やみ》が、空気を濃い墨の色に染めていく。女の放つ瘴気《しょうき》で、清冽《せいれつ》なはずの山の空気が、肌に粘り着くようで不快だった。

やがて、敏生の懐中電灯が、道の脇《わき》に立てられた黒っぽい看板を捉《とら》える。そこには、ごく簡素に「堀切（空堀）」と書かれていた。おそらく、山城ゆえ水を張られることのなかった堀の遺構があるのだろうが、闇に紛れてまったく見えず、ただ周囲には笹《ささ》の葉が揺れるばかりである。

「……ますます瘴気が強くなるな」

「ええ」

森は、背中で敏生の体が小さく震えているのを感じつつ、乾いた土を踏みしめた。しばらく登っていくと、立派な石垣が現れた。大きさの異なる直方体の石を組み合わせた堅固なその石垣には、枯れたツタがまつわりついている。

「……天本さん」

「わかっている」

森は、そっと敏生を下ろした。二人は、さっきよりずっと慎重な足取りで、石垣の脇を通り抜け、さらに先に進む。そのあたりから、本格的に城の建物の跡地に入ったのだろう。地面はあちこちで段差がつき、そこここにさっきと同じような立て札が立てられている。照らしてみると、「搦《から》め手門《てもん》跡」、「西南角櫓《せいなんかどやぐら》跡」、「三の丸跡」、「南石門の跡」などと読めたが、いずれもこれがそうだとわかる遺構はほとんどなかった。

「……ずいぶん、派手に壊されたお城みたいですね」

「ああ。……それに、女の気配がかなり強い。……あともう少し上だな」

「ええ。全身の毛が逆立ちそうな感じです。……やっぱりあの女の人、笛を抜け出してここに来たんだ。……いったいここに、あの女の人にまつわる何があるんでしょうね。こんな、何も残っていない城跡に……」

敏生の呟《つぶや》きに、森も頷《うなず》く。

やがて二人は、二の丸跡に到着した。上方には、本丸の小高い石垣が半ば崩れ落ちた状態で残っており、二の丸跡自体も、笹《ささ》やススキに覆われた何とも侘《わ》びしく荒れ果てた風情《ふぜい》である。

だが、森と敏生の二人は、侘び寂を嚙《か》みしめるどころではなかった。女の気配が、前進を躊躇《ためら》うほどに強くなっていたのである。敏生は、幼い顔を緊張と恐怖で強張《こわば》らせつつも、神経を研ぎ澄ませ、一歩一歩、女の瘴気《しょうき》の源へと着実に進んでいく。そんな敏生が半ば無意識に差し伸ばした手を、森はしっかりと握ってやった。恐怖心で集中が妨げられないよう、手のひら越しに、森は「気」を送ってサポートしてやる。

敏生は、本丸へ向かおうとはしなかった。二の丸から、山を下る別の遊歩道へと続く茂みの中を、岩に足を何度も取られ、森に摑《つか》まりながらも進んでいく。

おそらく昼間は高山《たかやま》市内を見下ろす眺望が開けるのであろう山の頂上近い場所だが、今はもう日が落ち、ただ暗い空を仰げるオープンスペースになっているばかりである。

敏生は、弾む息を抑えつつ、前方を指さした。

「あのあたりからみたいです。ええと……あそこにも立て札がある。……『井戸跡』？」

「待て、敏生ッ！」

敏生が、木立の間、茂みの中に立つ「井戸跡」のほうへ踏み出そうとしたとき、森が鋭い声をあげ、思いきり敏生の手を引っ張った。バランスを崩した敏生は、後ろ向きに森の胸の中に倒れ込む。

「あ、天本さん⁉」

「行くな！　……俺たちの周りを照らしてみろっ」

森の声が、珍しいほど上擦っている。こわごわ懐中電灯をぐるりと少し遠くに巡らせ
……そして、悲鳴をあげた。

「うわあああッ‼」

「俺から離れるな。いいな」

森は右手で敏生を抱きしめ、左手の親指を握り込んで、略式の祓《はら》いを行った。敏生は頷《うなず》くことすらできず、ただしっかりと懐中電灯を持ち、あわただしくあちこちを照らし続ける。

いつの間にか、二人の周囲には、地面が見えないほど夥《おびただ》しい数の蛇が集結していた。胴が太いわりに体長は短く、懐中電灯の光に照らされた体には、くっきりした銭形模様が見える。グネグネと絡《から》み合《あ》った無数の蛇たちの胴体のあちらこちらから、三角形の頭が持ち上がり、ゆらりゆらりと音もなく揺れていた。

「……まさしくマムシの大群……だな」

「あ……あ、あ、天本さ……っ」

「動くな。むやみに動けば、嚙《か》まれる確率が上がる。気を落ち着けるんだ」

「そ……ん な……無理……ッ」

背後からきつく抱きすくめられていなければ、敏生は悲鳴をあげて走り出しそうだった。カチカチと自分の歯が鳴る不愉快な音が聞こえるが、どうしてもそれを止めることができない。蛇たちは、絶えず地表を這《は》いずり、お互い胴体を絡ませ合い、森と敏生の周囲をぐるりと取り囲んでいる。

(……こうなったら、とりあえずここから脱出すべきだな)

果ての知れない蛇の大群の真ん中に、何とか退路を開かなくてはならない。森は、片手

で略式の印をいくつか結びながら、敏生の耳元に囁《ささや》いた。

「恐ろしければ、目をつぶっていろ……と……いや、待て。見ろ、敏生」

「え……あッ……！」

いったんギュッと目をつぶった敏生は、森の鋭い声に再び目を開き、そして驚きの声をあげた。

「あれ……あれは……！」

敏生の目は、裂けんばかりに見開かれている。その震える手が、かろうじて懐中電灯を井戸跡に向けた。薄暗い光にぼんやりと照らされたのは……まさしく、司野《しの》の龍笛《りゅうてき》から去った、あの女だった。

女は、いつの間にか井戸跡の地面のくぼみ部分に現れていた。前に見たときと同じ、白い着物の上に色鮮やかな打ち掛けを羽織った姿である。

『……憎い……金森長近《かなもりながちか》め……』

女の朱に縁取られた唇から、しわがれた声が漏れた。それと同時に、女の長い髪がザワザワと動いた。敏生の喉《のど》がヒッと鳴る。女の髪の一房ずつが一匹の蛇となってびっしりと頭から生え、女の全身にまつわりついていたのだ。

『おお……憎い……口惜《くちお》しい……！』

女がギリリと歯を鳴らすと、嚙《か》み切《き》られた唇から鮮血が流れる。その血が地面に滴《したた》った瞬間、それは紅蓮《ぐれん》の炎に姿を変えた。森はとっさに、敏生を背中に庇《かば》う。

炎は、みるみるうちに輪状に女を取り巻いた。女の凄《すさ》まじい形相が、下から照らされる。中年にさしかかったとみえる女の顔に刻まれた皺《しわ》の一本一本が、炎に映えて赤くくっきり浮き上がった。だが、怨念《おんねん》の炎はけっして地表の植物を炎上させはしない。それでも森と敏生は、確かに建物が燃える臭いと音を聞いた。

女は、ゆっくりと両腕を前方に差し上げた。そして、何かを招くような手つきをしながら鋭く叫んだ。

『けして許さぬ……この恨み……晴らさでおくものか……！　金森長近……豊臣秀吉《とよとみひでよし》……！』

「……え……」

女の口から漏れた聞き覚えのある名前に、敏生はギョッとする。だが彼をさらに驚かせたのは、女の白い指の波打つような動きに呼応して、その足元から何か黒くて巨大なものが出現したことだった。

『汝《なんじ》……心あらば……』

女はうっとりした顔つきで、その黒いものに白い腕を絡《から》める。それは、真っ黒な、敏生のウエストほどもある胴体の大蛇だった。蛇は、女の体にゆっくりと巻き付いていく。女はうっとりと大蛇の巨大な頭を抱き、呆然《ぼうぜん》と立ちつくすばかりの森と敏生をキッと見据えた。

『お主らは金森の……豊臣の手の者か……？　ならば生きて帰さぬ……！』

女の怒りに燃える細い目が、鬼女のごとく吊《つ》り上《あ》がる。女の顔のすぐ下には、漆黒の闇《やみ》から生まれ出たような大蛇が、カッと大きな口を開いて二人を威嚇していた。

「いかん！　敏生、ここはひとまず逃げるぞっ」

「ど、どうやって⁉」

「道を開く！」

森はそう言うなり、素早く印を結んだ。鋭い声が、瘴気《しょうき》と建物が燃える臭いに満ちた、汚れた空気を切り裂く。

「オン・ヒラ・ヒラ・ケン・ヒラ・ケンナウ・ソワカ！」

真言《しんごん》を唱えると同時に、森の長い腕が闇を払う。剣をかたどったその指先から、女の放つ紅蓮《ぐれん》の炎とは対照的な、青白い炎が迸《ほとばし》った。それは、彼らを取り囲んだマムシの大群の一部を、見事に吹き飛ばす。森はその一瞬のチャンスを見逃さなかった。

「来いっ！」

森は敏生の手首をひっ摑《つか》むと、全速力で駆け出した。その後を、マムシたちがいっせいに胴体をくねらせながら追いかけてくる。

「あ、懐中電灯が……」

「そんなものはいい！」

敏生の手から転げ落ちた懐中電灯の硝子《ガラス》が割れる音がしたが、森はそれには少しもかまわず、闇《やみ》に慣れた目だけを頼りに急な山道を駆け下りた。敏生が何度も転んだが、それを乱暴に引きずって走り続ける。自分も崩れる土や岩や木の根に何度も足を取られつつも、時折空いたほうの手だけを背後に向け、念の炎で追っ手の蛇たちを焼き払った。


そして……ようやく二人は、小さな祠《ほこら》のところまで戻ってきた。森は車のエンジンをかけ、ヘッドライトで登山口のほうを照らして、ようやくひび割れた声で言った。

「……どうやら……追っ手は撒《ま》いたようだな………」

傍《かたわ》らの敏生も、全身で呼吸しながら頷《うなず》いた。こちらは、口をきくこともままならない状態である。何度も転倒し、そのまま引きずられたので、頬《ほお》や鼻の頭に擦り傷ができてしまっていた。当然、服も泥だらけである。

「君は車に乗っていろ」

森は敏生を自動車の助手席に押し込むと、自分は祠まで戻り、しばらくそこに立って妙な手振りをしていたが、すぐに戻ってきて、自動車を発進させた。敏生は、ようやく生唾《なまつば》を乾ききった喉《のど》に送り込み、呼吸を整えながら問いを発した。

「何を……してたんですか？」

「気休め程度だが、一応呪《しゅ》をかけておいた。あの大蛇は女の恨みの化身のようだが、ほかのマムシたちは、女の念に力を与えられて覚醒《かくせい》したただのマムシのように感じた。普通の蛇たちなら、あの呪で拡散を防げるはずだ」

敏生は、血の味のする荒い息を吐きつつ言った。

「あの女の人……、もしかして、あそこで死んだのかな」

森も、結構なスピードで車を走らせつつ言った。

「かもしれないな。……あの井戸跡に何かがあるようだ。とにかく、今は宿に戻ろう。君のその可哀相《かわいそう》な顔を明るいところで手当てしなくてはいけないし、服も着替えなくてはな。いろいろ考えるのはそれからだ」

敏生もグッタリとシートに体を預けて頷《うなず》く。

「……レンタカー借りて……よかった、ですね。……こんな格好で、電車には乗れないや」

森は苦笑いで片手を伸ばし、敏生の頭を撫《な》でて言った。

「まったくだ。すまない、無茶をさせた。疲れただろう。……宿に着くまで、小一時間のドライブになる。眠っているといい」

宿に戻った森と敏生を待ちかまえていたのは、部屋係だった。夕飯の時刻になっても帰ってこない二人に苛々《いらいら》していた彼女を、森はチップで黙らせ、部屋に食事を運ぶように言った。

そのあいだに、敏生は汚れた服をジャージに着替え、痛みに唸《うな》りつつ、洗面所で泥と血に汚れた顔を洗った。森はフロントで救急箱を借りてきて、敏生の顔や手の擦り傷を丁寧に消毒し、絆創膏《ばんそうこう》を貼《は》ってやった。

「天本さんは？　怪我《けが》してません？」

自動車の中でぐっすり眠ってかなり元気を取り戻した敏生は、しきりに森を気遣う。だが森はあっさりそれをいなし、さっさと浴衣《ゆかた》に着替えた。

二人が鍋物《なべもの》とご飯以外はすっかり冷めてしまった夕食を食べ終え、熱い茶を飲んでいるとき、小一郎《こいちろう》が戻ってきた。

——主殿《あるじどの》。お待たせいたしました。ただいま戻りましてございます。

そんな声がしたと思うと、敏生の頭の上に大きな茶封筒がばさりと落ちてくる。

「わあっ。もう、小一郎ってば酷《ひど》いや」

敏生は虚空《こくう》に向かって文句を言いつつ、封筒を拾い上げて森に手渡した。森は早速封筒を開き、中に入っていた紙の束を取り出す。

「取り急ぎ、集められるだけの資料をお送りします。お役立てください。……ただし、静養の妨げになりませんよう。早川《はやかわ》」

そんなメモを、森が苦笑いで握《にぎ》り潰《つぶ》すなり、部屋の片隅にある電話がけたたましく鳴った。敏生が立っていって受話器を取る。

「もしもし。あ、司野《しの》さん？　ええ……え？」

敏生は、受話器を耳に当てたまま、森のほうを振り向いた。

「天本さん、司野さんが、明日あたり横浜《よこはま》に帰るから、言いたいことがあるなら今来て言えって」

森は、げんなりした顔で頷《うなず》く。敏生はクスッと笑って、受話器の向こうの司野に、すぐに行くと伝えた。


「……やれやれ。何に襲われてきたんだ。その顔は」

それが、離れの部屋でゆったりと二人を迎えた司野の第一声だった。敏生は顔を赤らめ、俯《うつむ》く。

「す、すいません。ちょっと蛇に……」

「蛇だと？」

「……あんたの言う『後始末』で、敏生と俺は酷《ひど》い目に遭ってきたばかりだ」

森はそう言って、見事な塗りのテーブルの前にどっかと腰を下ろした。敏生も、その隣に座る。

森はごく簡潔に今日の出来事を司野に語ってから、持参した早川からの資料をテーブルの上に置いた。どれも松倉城にまつわる歴史的な出来事を記したものであり、三人は手分けして資料を読み進めた。

と、ほどなく敏生があっと声をあげて資料をテーブルに置いた。司野と森は、ほぼ同時に「どうした」と問いかける。敏生は興奮した口調で、資料を指さしながら言った。

「天本さん、あの女の人、金森なんとかって人と豊臣秀吉が憎いって言ってたでしょう？　ほら、これ見てください」

敏生の読んでいた資料は、松倉城にまつわる怪談ばかりを集めたゴシップ的なものだったらしい。指さした箇所には、松倉城落城時の小話が、歴史的な背景とともにいくつか掲載されていた。

それによると、松倉城は一五七九年、三木自綱《みつきよりつな》によって築城された。自綱は、自ら子供や弟を手にかけたという血生臭いエピソードのある人物らしいが、とにかく一時は飛騨一円を平定した大物武将だったようだ。だが、時の権力者である豊臣秀吉打倒の陰謀に加担したかどで、秀吉の命《めい》を受けた金森長近によって討伐されてしまう。松倉城は、築城後わずか六年で、炎に包まれることとなったのだった……。

敏生は、よく通る声で読み上げた。

「ええと……。松倉城落城のとき、自綱の妻は、二の丸の井戸に自分の帯を投げ入れ、

『汝《なんじ》、心あらば、大蛇となりて我が恨みを晴らせ』と言った。そして自分は炎の海となった本丸に飛び込み、自ら命を絶った。あるとき、城址《じょうし》の近くで畑仕事をしていた女が、黒い大木に腰掛けて休んでいたところが、木の幹と思われたのが大蛇の胴体だとわかって仰天したという……ですって。これって、考えれば考えるほど、あの女の人と、体に巻き付いてた大きな蛇のことじゃないですか？」

「……そうだな。確かにあの女、二の丸の井戸に現れ、金森長近と豊臣秀吉への恨みを口にし、体に漆黒の大蛇を巻き付かせていた」

森の呟《つぶや》きに、司野はこともなげに言った。

「ならば、話は早い。おそらくその自綱の妻とやらが、あの女の正体なのだろう。その怨《おん》念《ねん》の一部は帯に移って大蛇と化し、その魂は、おそらく女の持ち物であったであろう龍《りゅう》笛《てき》に宿った。……その身は城址の土にでもなったのだろう。笛から抜け出した魂が、自らの半身ともいえる大蛇と一つになったわけだ。なるほどな。いまわの際に、恨みを込めて復讐の曲、抜頭《ばとう》を奏して命を絶ったか。なかなか洒落たことをする」

「他人事《ひとごと》のように言うな。そもそもはあんたがしでかしたことじゃないか」

さすがに森はムッとして言ったが、司野は欠片《かけら》も悪びれず、肩を竦《すく》めた。

「だが、別段問題はあるまい。その金森長近も豊臣秀吉も、すでにこの世に亡《な》いのだからな。憎いだの恨むだのと言ったところで、どうにもできまいよ」

「もしそうなら、俺と敏生がマムシの大群に襲われて必死で逃げ帰る羽目にはならなかったさ。……あんたは知っているはずだ。古い魂は、年を経るごとに人間の心を失い、妖《あやか》しに近づいていくことを。あの女からも、正常な判断力はすでに失われ、ただ強い恨みと憎しみの念だけが残っているんだ。……だから、近づく者すべてを豊臣の手の者と判断し、彼女の念に眠りを覚まされ、操られた蛇たちが襲いかかってくる……」

「こ……怖かったですよね。今日、マムシに嚙《か》まれた観光客の人、命に別状がなくてホントによかったです」

「おそらく、俺たちのように二の丸に長居したりしなかったのが幸いしたんだろう。昼間だったことだしな。……司野」

　森は、真剣な面持ちで司野に言った。

「あの女は、すでに人よりは妖しに近い存在だ。おそらく姿を現すのは夜だけだろうが、その怨念《おんねん》の力は、昼間も城址《じょうし》に棲《す》むマムシたちに影響を与え続けている。……調査が入るのは明後日《あさって》だから、それまでに何とかしなくては。調査に向かった人々に被害が及ぶ」

　だが、司野はやはり冷淡に言い放った。

「俺の知ったことか。後始末はお前に任せてある。好きにしろ」

「……ああ、そうだろうとも。一応、報告しておこうと思っただけだ。あんたは何もかも放《ほう》り出《だ》して、とっとと横浜へ帰るがいい。敏生、部屋に戻るぞ」

予想どおりの言葉に、森も木で鼻を括《くく》ったような返事を返し、敏生を促して部屋を出ていこうとした。だが、そんな二人を司野は呼び止めた。

「待て。確かに、お前たちに尻拭《しりぬぐ》いを任せてしくじられては、俺の手間が増えるだけだ。帰宅を一日延期して、少しくらいは手を貸してやってもいい」

「よ……」

余計なお世話だと言い返す暇《いとま》すら与えず、司野は「そうだな」と呟《つぶや》いた。

「頭ごなしに調伏《ちょうぶく》を試みるには、あの女、ちと手強《てごわ》い。何しろ、数百年も怨念《おんねん》を抱《いだ》いて踏ん張り続けた女傑だからな。……少し力を削《そ》ぐとしよう」

「力を削ぐ……？　どうやってですか？」

司野の独り言に、敏生は首を傾《かし》げる。だが司野は、その問いには答えずこう言った。

「憑坐《よりまし》としては小わっぱが最適だが……怒り狂った女に与えるべきは、色男だろうな。おい、天本。お前は残れ。時間が足らんが、お前の努力次第でどうにかなるだろう」

森はあからさまな渋面で司野を睨《にら》む。

「……何のことだかさっぱりわからないんだが」

「わからなくていい。あの女を退じたいなら、その術《すべ》を授けてやると言っているんだ。……小わっぱ。お前は戻って休息しろ。その青い顔に、明日の夜までに血の気を戻しておけ。天本が一日いなくても、お前のことはその人形の中の式神《しきがみ》が何とか守れるだろう」

――う、うつけひとりを守るくらい、屁《へ》でもないわ！

人形の中で、小一郎は怒鳴る。敏生は途方に暮れて、どちらも険悪な形相の森と司野を見比べた。

「あ、あの……。ここで何かするんですか？　だったら僕も一緒に……」

「お前は必要ない。とっとと帰れ」

「……天本さん……」

森は嘆息して、敏生の頭にポンと手を置いた。

「司野は君を心配しているんだよ。……俺もだ。今夜は大冒険だったからな。部屋に戻って眠るんだ。あれで終わりではないんだから」

「でも」

「司野が何を教えてくれるのかは知らないが、終わったら俺もすぐに部屋に戻るよ。だから、戻りなさい。……起きて待っていたりせずに、ちゃんと眠るんだぞ」

あくまで穏やかに森に諭され、敏生はいかにも残念そうに頷《うなず》き、二人におやすみの挨拶《あいさつ》をして部屋に引き揚げた。

ところが翌朝になっても、森は戻ってこなかった。来るなと言われていても、気にならないはずのない敏生である。何度となく離れへ足を運んだ。

ところが、あろうことか、離れ全体に強力な結界が張り巡らされ、離れに近づくどころか、中の音を漏れ聞くことすらできない。敏生と小一郎は、泣く泣く部屋に帰って待つしかなかった。

結局、森が戻ってきたのは、その日の夕刻だった。明らかに消耗してよろけながら部屋に入ってきた森は、一言も発しないうちに布団《ふとん》に倒れ込んだ。

テレビを見ていた敏生は、その姿に慌てて這《は》い寄る。

「あ、天本さんッ⁉　大丈夫ですか？」

うつぶせに倒れたまま、森はかろうじて片手を軽くあげ、大丈夫だというように軽く振ってみせた。ジャケットすら脱がず、文字どおりぼろきれ状態の森の姿に、敏生はただもうオロオロするばかりである。

「…………」

「え？」

枕《まくら》に顔を埋《うず》めたままで、森は掠《かす》れた声で何かを言う。顔を近づけてようやくその言葉を聞き取った敏生は、飛んでいって冷蔵庫を開け、ウーロン茶の缶を持って駆け戻ってきた。

「はい、天本さん。冷たいお茶。起きられます？」

「……うう……」

森は敏生に支えられてようやく半身を起こすと、氷のように冷えたウーロン茶を一息にすべて飲み干し、そしてまた布団《ふとん》に突っ伏してしまった。どうやら、疲労困憊《ひろうこんぱい》してしまっているらしい。敏生は途方にくれてしまう。

だが、水分を補給して、ようやく人心地ついたのだろう。うつぶせに寝そべったまま、森は首だけを敏生のほうに向けた。たった一日で、その顔は少しやつれ、目の下には黒い隈《くま》ができている。

「司野さんと何してたんですか？　僕、何度も離れに行ったんですけど……」

「結界があったろう。あれは俺が張ったものだ」

「天本さんが？」

「ああ。音が漏れて宿のほかの客や従業員に聞きつけられても厄介だし、俺が司野にしごかれているところを君に見られるのも嫌だったからな」

敏生は森の枕元《まくらもと》にぺたりと座り込んだままで、びっくりして問い返した。

「天本さんが、司野さんにしごかれてた？　まさか、あれからずっとですか？　いったい何をしてたんです？」

「それは秘密だ。……それにしても無茶な要求をする。司野の奴《やつ》、根っからのサディストだぞ」

呻《うめ》くようにそう言って、森は両腕で枕を抱いた。

「とにかく……日付が変わる頃に出かけるから、十一時になったら起こしてくれ。それまで眠る」

「出かける？　松倉 城址《じょうし》に？」

「ああ。小一郎もそのつもりでいろ。……準備は防寒だけで……い……」

短い文章すら言い終えることができず、森はそのまま目を閉じ、眠りに落ちてしまった。敏生は仕方なく、押し入れからもう一枚の掛《か》け布団《ぶとん》を出して、森に掛けてやった。

枕元《まくらもと》に膝《ひざ》を抱えて座り、敏生は心配そうに森の苦しげな寝顔を見つめた。

「こんなにクタクタになっちゃって……。いったい、司野さんに何されてたんだろう。たぶん、今夜のことに関係あるんだろうけど……でも……。ねえ、大丈夫かなあ、小一郎」

――俺にはわからぬが、主殿《あるじどの》のことだ、我等《われら》が心配しても始まらぬ。それよりうつけ、お前も己の準備をしっかりすることだ。……俺は、もう少し雑霊《ざつれい》を喰《く》らってくる。……不甲斐《ふがい》ない身の上ではあるが、少しでも主殿のお役に立てるようにしておかねばならぬからな。

そう言うなり、羊人形から式神《しきがみ》の気配が消える。

「うー……。と、とにかく僕も少しでも多く寝よう。何がどうなってるのかわかんないけど、体力を温存するに越したことはないよね」

敏生は呟《つぶや》き、ゴソゴソと森の眠る布団《ふとん》に潜り込んだのだった……。

その夜……。

起こされるまでもなく午後十時過ぎに目を覚ました森は、体の節々が痛いと呻《うめ》きつつも起き出し、敏生を誘って貸し切り風呂《ぶろ》へ行った。

森は夜通しやっていたことについても、これからすることについても、敏生に一切説明しなかった。だが敏生は、言われるがままに潔斎《けっさい》をすませた。

森が詳細を語りたがらないときはどんなにせがんでも無駄だし、主目的は龍笛《りゅうてき》から抜け出したあの女が、松倉城址《じょうし》を訪れる人々に危害を加えないようにすることだとわかっている。それで十分だと敏生は自分に言い聞かせ、まだ疲労を色濃く残した顔で、いつもより遥《はる》かに緩慢に動く森を煩《わずら》わせないことにした。

そして日付が変わる頃、司野が森たちの部屋を訪ねてきた。相変わらず薄手のシャツにジーンズという軽装の司野は、抱えていた大きな木箱をいきなり敏生に手渡して言った。

「行くぞ。……小わっぱ、これを持っていろ。落とすなよ」

もうすっかり外出の準備をして待っていた敏生は、両手で箱を受け取り、司野に訊《たず》ねた。

「これ……何ですか？」

「天本が使うものだ。……天本、準備はいいか？」

ニットキャップを敏生の頭に被《かぶ》せてやりながら、森は頷《うなず》いた。手の中の自動車のキーをチャリンと鳴らす。

「明日は筋肉痛で寝込みそうだがな。……あんたの準備はいいのか？」

司野は頷《うなず》き、細長い木製の筒を森にかざしてみせた。

「では行くか」

森の一言で、三人は部屋を出て、くだんのレンタカーに乗り込み、松倉城址《じょうし》へ向かった。

「ねえ、天本さん。体つらそうだから、僕が運転しましょうか？」

敏生はそう言ったのだが、森はコンマ五秒でそれを却下し、自らハンドルを握った。司野は、助手席に陣取り、じっと目を閉じている。おそらく、女……自綱の妻との対決を前にして、精神を落ち着かせているのだろう。

邪魔をしてはいけないと思いつつも、敏生は後部座席から森の耳元に口を寄せて囁《ささや》いた。

「ね、天本さん。いったいこれから何をするんですか？」

森は前を向いたまま、こちらも小声で答えた。

「行ってからのお楽しみだ。先に言っておくが、今夜は、君は何もするなよ、敏生」

「ええっ。でも、僕……」

「留守番していろと言っても君は聞くまいと思って連れてきたが、まだ君の体調は、調《ちょう》伏《ぶく》を手がけるほど回復していないだろう」

その指摘には反論の言葉もなく、敏生はうなだれる。確かに、満足に山道を登ることすらできない体では、術者として行動することなどとうてい無理だった。

「……お前は、自分の身を自分で守ることだけ心がけろ。式神《しきがみ》の助けを借りれば、どうにかしのげるだろう」

司野も、目を閉じたまま落ち着き払った声で言い添える。敏生は素直に頷《うなず》き、腰の羊人形の頭を軽く撫《な》でて言った。

「わかりました。……よろしくね、小一郎」

返事は、任せろと言いたげに振り上げられた羊人形の右の前足だった……。

森は、自動車を昨夕と同じ場所に停《と》めた。周囲は漆黒の闇《やみ》に閉ざされているが、今夜は真新しく明るい懐中電灯を二つ用意しているので、どうにか最低限の視界は確保される。

「行くぞ」

暗闇などまったく意に介さない妖魔《ようま》の目を持つ司野は、先に立って遊歩道を歩き出した。その後を、懐中電灯で足元を照らしながら、森と敏生が続いた。昨夕と同じように、女の瘴気《しょうき》が毒ガスのように重く、山頂から漂ってくる。

十分に休息を取り、心構えもできているので、今夜は敏生も途中でへこたれたりはしない。息を乱しながらも、長身の司野と森に後れを取らないように、必死でついていった。

「堀切」を過ぎたあたりで、それまで黙りこくっていた司野が、ボソリと言った。

「どうにも生臭いな。こんな女をそのまま喰《く》えば、消化不良で俺が寝込みそうだ」

「あ……あの女の人……食べちゃうんですか？　司野さんが？」

敏生は喘《あえ》ぎながら問いかける。司野は、歩くスピードをまったく落とさず無造作に言った。

「消すか喰うか、二つに一つだろう。まさかお前、あの女の魂を今さら救えると思っているのではないだろうな」

敏生はちょっと迷ってから、力なく答えた。

「そりゃ……救えればいいと思いますけど、でも……恨みを晴らさない限り、あの人が自分から消えていくことはないんですよね？」

「ない。それならば、力を削《そ》いでからすっぱりとこの世から消してやるのが、本当の情けというものだろう。少なくとも我が主《あるじ》は、常にそう言っていた」

「その『力を削ぐ』っていうのは、どうやるんですか？」

「そのうちわかる。喋《しゃべ》っていては消耗するぞ。……お前が転ぶのはいいが、その箱だけは落とすなよ」

「わ、わかってます……っ」

今回、ただ一つ与えられた重要任務が、謎《なぞ》めいた箱の運搬である。敏生は片手に懐中電灯を持ち、片手で箱をしっかりと抱えて、大きく頷《うなず》いた。


ほどなく三人は、石垣の前を通り、二の丸へたどり着いた。女の放つ瘴気《しょうき》が、見えない糸のごとく全身に絡《から》みつき、何とも言えない不快感に敏生は思わず頭を振った。山道を登ってきたので、夜の寒さはまったくこたえず、むしろジャンパーを脱ぎたいほどに体が火照《ほて》っている。それなのに、女の暗い怨念《おんねん》が、悪寒《おかん》となって背筋を這《は》い上《あ》がってきた。

「お前はそこにいろ、小わっぱ」

そう言って、司野はジーンズの腰に差していた筒の蓋《ふた》を開け、中に入っていたものを取り出した。それは、一本の龍笛《りゅうてき》だった。敏生は驚いて問いかける。

「あれ？　司野さん、それ……」

「これは、俺がふだん使っている龍笛だ。……折れたものを修繕したから、音は一級品とは言えないが、強い力を持つ。……人であろうと物であろうと、一度死んで蘇《よみがえ》ったものは独特な強さを持つものだ。……筒を持っていろ。箱をよこせ」

例によって歯切れのいい命令口調でそう言うと、司野は筒を敏生に手渡し、その手から木箱を取り上げた。そして、森にその箱を差し出した。

「支度しておけ。……そろそろ出てくるぞ」

司野の言葉が終わるか終わらないかのうちに、ザワザワと彼らの周囲の笹藪《ささやぶ》が鳴った。懐中電灯で照らした地面が大きく揺らぎ、敏生は目眩《めまい》を覚える。だが、動いていたのは地面ではなく、昨夕と同じように、笹藪から無数のマムシが這《は》い出《だ》し、三人を取り囲もうとしていたのだった。

「うあ……っ」

震え上がる敏生に、視線で大丈夫だと告げておいて、森は地面に箱を置き、その前に跪《ひざまず》いた。恭《うやうや》しく両手で蓋《ふた》を取り、何かを取り出す。だが、敏生には森の背中に阻《はば》まれ、中に入っている品物は見えなかった。マムシと森の姿をせわしなく見比べていた敏生の耳に、司野の低い声が聞こえる。

「……来るぞ」

敏生はハッと前方の井戸跡を見た。そこに、最初は霞《かすみ》のようにうっすらと、ほどなくはっきりとした姿を現したのは、まさしく昨夕の女だった。

『汝《なんじ》……心あらば……』

女のしわがれた声に応《こた》えて、漆黒の大蛇が紅蓮《ぐれん》の炎を帯びて女の足元にとぐろを巻く。大蛇の出現に興奮したのか、マムシたちの動きが途端に激しくなった。互いに絡《から》み合《あ》う蛇たちの胴体が、海面のように繋《つな》がり合《あ》い、波打っているように見える。

司野は、マムシのことなど気にも留めない様子で、凛《りん》とした声で女に呼びかけた。

「貴様が、三木自綱の妻か。我が主《あるじ》の笛より抜け出し、未練がましく落命の地に舞い戻るとは、げに女とは執念深い生き物だな」

女は、ギリッと唇を噛《か》み、眦《まなじり》を吊《つ》り上《あ》げて司野を睨《にら》みつけた。

『お前は誰じゃ……？　金森の手の者か、あるいは豊臣の手の者か。……いずれにしても……ここに来たからは、生きては帰さぬぞ！』

女の赤い口が大きく開き、禍々《まがまが》しい声が響き渡る。だが司野は、少しも臆《おく》する様子を見せず、平然と言葉を継いだ。

「どちらでもない。強いて言うならば、お前に主の笛を汚《けが》され、害を被《こうむ》った者だ。……女。お前が恨む相手は、いずれもすでにこの世を去って久しい。お前が恨みを晴らすことは、この世では叶《かな》わんぞ」

シャーッ!!

女に代わり、女の体に巻き付いた闇色《やみいろ》の大蛇が、巨大な鎌首《かまくび》をもたげて威嚇の声をあげる。大きく開いた口の中には、細く黒い舌と、二本の大きな牙《きば》が見えた。

「俺の言葉を理解するだけの知性は、もう残っていないか。……ならば、せめてお前自身が選んだ曲でもって、その恨みを分かち合ってやろう。……天本」

じっと地面に片膝《かたひざ》をつき、頭《こうべ》を垂れたままでいた森は、静かに頷《うなず》く。司野は、手に持っていた笛を構え、深く息を吸い込むと、吹口に唇をつけた。

一瞬の静寂の後、鋭い龍笛《りゅうてき》の音が、周囲に響き渡る。敏生も、そして周囲を取り巻く無数のマムシたちも、時が止まったように硬直した。

激しい調子、そして高く低く自在に音階を変えるしなやかだが毅然《きぜん》とした笛の音に合わせて、ついに森が動いた。

（あ……天本さんが……！）

森は立ち上がると、腰を屈《かが》めた姿勢で、右に左に、独特の所作で頭を振った。その顔面を覆っているのは……真っ赤な顔の鬼面である。どうやらあの木箱に入っていたのは、その面であったらしい。

『おお……それは抜頭《ばとう》の調べ……抜頭の舞……！』

女は白い両手で顔を覆い、おお、おお……と感じ入ったように声をあげた。女の長い髪が、数えきれないほどの黒い蛇となり、司野の笛に合わせてくねくねと宙を舞う。それはまるで、千々に乱れる女の心を代弁しているようだった。

司野は、ほかに何も目に入らない様子で、ただひたすらに笛を吹き続ける。森もその音色に合わせて舞った。

何度も左右に頭を振りつつ、腰を低くしたままで荒々しい足取りで移動する。両腕をいっぱいに広げたり、ぐるりと回したりする所作は、優雅な中にも力強さに満ちている。

月明かりと、女の放つ紅蓮《ぐれん》の炎が、激しく舞う森の姿を、銀と赤に照らす。その幻想的で凄惨《せいさん》なまでの美しさに、敏生は魂を奪われたように見入っていた。

(そうか……。天本さん、司野さんにこの舞を教わってたんだ。……こんな難しい舞を……たった半日で……)

いったいどれほどの集中力と気力で、抜頭《ばとう》の舞をマスターしたのだろう。同じ所作を繰り返すうちに、森の放つ激情が増していくのがわかった。青い乱れ髪を振り上げる表情のないはずの鬼面に、怒り、悲しみ、誇り、憎しみ……さまざまな感情が浮かんでは消えていく。

女も、森の姿をじっと見つめている。その両腕が、森に向かって差し伸ばされた。女を包む炎が、ひときわ高く燃え上がる。女の口から、感極まった叫びが放たれた。

『おお……我が悲哀を、我が怒りを……我が憎しみを……その調べが知っている……お前の……その舞が語ってくれる……！　お前は……お前が……！』

(……あっ！)

敏生は息を呑《の》んだ。

女が、ついに井戸跡から動いたのである。女は一歩一歩、よろめく足を踏みしめ、炎を従えて、森のほうへと歩み寄っていく。大蛇が、ずるりと女の体から滑り落ちた。

『お前は……我が想《おも》いを分かち合ってくれるのか……！』

女の顔には、確かな歓喜の色があった。森は、そんな女を差し招くように両腕をいっぱいに広げる。女は、躊躇《ためら》わず森の腕の中に飛び込んだ。

その途端、女の瘴気《しょうき》が目に見えて薄らぐのが、少し離れた場所で見ていた敏生にもはっきり感じられた。むろん、司野がそれを見逃すはずはない。

「今だ、天本ッ！」

それを聞くなり、森は顔を覆っていた鬼面をむしり取り、放《ほう》り投《な》げた。そして、女を突き飛ばすと、素早く印を結び、真言《しんごん》を唱えた。

「オン・テイハ・ヤクシャ・バンダ・バンダ・ハ・ハ・ハ・ソワカ！」

ギャアアアアアッ！

女の口から、苦痛と怒りの叫びがあがる。白い顔が、みるみるうちに朱に染まり、さっきまで森のつけていた鬼面そっくりに変じた。額から、二本の角がみるみるうちに盛り上がる。

女は森に摑《つか》みかかろうとしたが、真言に縛《ばく》され、身動きがとれない。

『おのれ……裏切ったな……ッ！』

「悪く思うな。少なくとも俺は、お前の心を慮《おもんぱか》って舞ったつもりだ」

森はそう言うと、新たに一切罪障消滅《いっさいざいしょうしょうめつ》の陀羅尼《だらに》を唱え始めた。

「ナウマク・シッチリヤ・シビキャナン・サラバタタギャタナン……」

女は苦しみに身を捩《よじ》り、激しく炎を噴き上げる。焦げ臭い臭《にお》いが、周囲を支配した。だが、森は少しもたじろがず、真言《しんごん》を唱し続ける。女の怒りの念を受け、漆黒の大蛇も、マムシの大群も、いっせいにその鎌首《かまくび》をもたげた。あちらこちらで、蛇が息を吐く音が聞こえる。すべての蛇が三人を攻撃すべく、身構えているのだ。

司野は、敏生のほうをちらと振り向き、無造作に言った。

「おい。そのマムシどもはお前に任せる」

「え……ええええッ⁉」

仰天する敏生をよそに、司野は再び龍笛《りゅうてき》を吹き始めた。今度は抜頭《ばとう》ではなく、敏生の知らない静かな曲を吹き始める。その曲を聴くと、今にも司野に飛びかかろうとしていた大蛇は、突然八の字に胴体をくねらせ、苦しみ始めた。司野の笛の音には、魔を誘《いざな》い、魔を縛る不思議な力があるようだった。

「司野さん、凄《すご》い……と！　感心してる場合じゃないよ……ど、ど、どうしたら……」

敏生は周囲を見渡し、つま先立って身震いした。いつの間にか、マムシたちは敏生ひとりをぐるりと取り囲んでいる。懐中電灯で照らせる限りの範囲の地面が、蛇の胴体で埋め尽くされているのだ。

そして、狼狽《ろうばい》するばかりの敏生に向かって、蛇たちはいっせいに大きな口を開き、飛びかかってきた。

「任せるって言われても……う、うあああッ！」

（駄目だ！　噛《か》まれる……！）

敏生はなすすべもなく、ただギュッと目をつぶり、体を硬くした。だがそのとき、そんな敏生の鼓膜を、耳慣れた声が打った。

「案ずるな。じっとしていろ！」

次の瞬間、体がふわりと浮きあがる。こわごわ目を開けた敏生は、地面が遥《はる》か下にあるのを見て、違う意味での悲鳴をあげた。

「うわーっ!! う、浮いてる……！　もう死んじゃったの、僕!?」

「たわけ。お前はどこまでも、世話の焼ける奴《やつ》だな」

「……こ……小一郎……？」

敏生は信じられない思いで、自分のウエストを抱える力強い腕を見、振り返って懐《なつ》かしい式神《しきがみ》の浅黒い顔を確かめた。それは確かに、人間の姿となった黒衣の式神、小一郎だった。

「こいちろっ……！　とうとう人間の姿に戻れたんだ！」

喜色満面で涙まで滲《にじ》ませる敏生を、小一郎はいつもの調子で叱《しか》り飛《と》ばす。

「阿呆《あほう》。ほけほけと喜んでいる場合か。あの蛇どもを何とかせぬか！」

「う……あ、そうだった」

敏生は、眼下にうごめくマムシたちの大群を見下ろし、ゾッとした。数えきれない蛇に覆い尽くされ、噛《か》み殺《ころ》される寸前に、間一髪のところで小一郎に救われたのだ。宙に浮いたままで、敏生は必死で気を落ち着け、呟《つぶや》いた。

「天本さんは、あの蛇たちは女の人の怨念《おんねん》に誘われて出てきただけだって言ってた。だったら、殺したくない。……だから……」

「如何《いかが》するのだ」

「悪いけど、もう少し降りて。僕のこと、もう少しの間、抱えてて」

「相わかった」

小一郎は即座に了承し、蛇が飛びかかれないぎりぎりのところまで下降した。敏生は、半ば無意識に胸の守護珠《しゅごじゅ》を右手で握り、目を閉じた。守護珠の放つ優しい熱に身を委《ゆだ》ね、ゆっくりと意識を深いところに落としていく。

やがて開いた敏生の瞳《ひとみ》は、微光を放つ菫色《すみれいろ》に変じていた。精霊《せいれい》の眼《め》で蛇たちを見下ろし、敏生は口を開いた。

「ねぐらにお帰り。もう、あの女の人の怒りも恨みも消えていくよ。お前たちは、早く目覚めすぎたんだ……」

その優しい声に、闘志をむき出しにしていた蛇たちが、動きを止めた。口を閉じ、首を上げたまま、すべての蛇たちがじっと敏生の言葉に聞き入っている。

「お、おい、うつけ」

両腕を蛇に向かって伸ばした敏生を、小一郎は慌てて制しようとした。だが敏生は、それを気にも留めず、いっぱいに腕をさしのべ、重ねて言った。

「桜が咲いて、お前たちが気持ちよく過ごせる季節は、もう少し先なんだ。僕の言葉がわかるなら、さあ、お帰り。温かいねぐらで、もうしばらく眠るといいよ……」

敏生は喋《しゃべ》るのをやめ、小さな声で歌い始めた。歌詞はなく、旋律らしいものもない。ただ、梢《こずえ》を渡る春風のような、谷を渡るせせらぎのような、優しいハミングだった。

それが、蛇たちにとっては子守歌のように響いたのだろうか。女の怨念《おんねん》に煽《あお》られて、あれほど激していた蛇たちが、嘘《うそ》のように穏やかになり、三々五々、笹藪《ささやぶ》へと戻っていく。

「うつけ……でかした」

そんな小一郎の声に、敏生はほうっと息を吐き、ぱちんと瞬《まばた》きした。まるでスイッチを切るように、敏生の瞳《ひとみ》は鳶色《とびいろ》に戻る。

「よ……よかったぁ……」

さっきまでの落ち着きはどこへやら、敏生は散っていくマムシたちを見下ろし、情けない安堵《あんど》の声をあげたのだった。

一方の森と司野である。森の真言《しんごん》と司野の笛の音で、女はついに地面にくずおれ、蛇はグッタリと地表に頭を落とした。女を包んでいた紅蓮《ぐれん》の炎は、今は跡形もなく消え去っている。それを見計らって、司野は笛を下ろした。

『おのれ……おの……れ……』

悔しげに自分を睨《にら》みつける女を見下ろし、司野は無表情に言った。

「その大蛇は、お前の身から飛び出した怨念《おんねん》の権化《ごんげ》だ。永遠に晴らせぬ恨みを抱《いだ》いてこの世にとどまることは、お前にも人の世にも何一つ実りをもたらさん。……引導を渡してやろう」

司野の茶色い髪が、冷たい夜風に揺れる。司野は、長い両腕をバレリーナのような優雅さで女と大蛇に向かって広げ、その腕をゆったりと交差させる仕草をした。すると、女と大蛇の姿がみるみる霞《かす》み、ガス状の融合体に変化していく。もとはひとりの人間であった女と大蛇が、数百年の時を経て、ようやく一つに溶け合ったのである。

司野は、そのガス体を両手で引き寄せ、そしてまるで蕎麦《そば》でも啜《すす》るように、ガス体をその口から体内に吸い込んでしまった。そして、何事もなかったかのように、満足げな息を吐く。

「……片づいたな。これで、女と大蛇の怨念も、我が血肉となる。もっとも素晴らしい結末だろうさ」

自信満々の言葉を吐いて、司野は森のほうを振り返った。

「覚えておけ。解消しようのない恨みや怒りを抱《いだ》いた人間の力を削《そ》ぐには、そのものに共感を示してやることがもっとも有効だということを。お前の舞は、女の激情を正しく体現していた。だからこそ、女は自分が理解され、支持されたと思い、攻撃性を減じたんだ」

「……勉強になった」

森は素直にそう言った。だが司野は、底意地の悪い笑みを浮かべ、こうつけ加えた。

「付け焼き刃にしてはいい舞だった。お前は、見るからにリズム感はなさそうだが、ああした舞には向いているかもしれんな」

「リズム感がないは、余計なお世話だ！」

森はそう言って、乱暴に面を拾い上げ、司野に放《ほう》り投《な》げた。司野は、顰《しか》めっ面《つら》でそれを受け取る。

「おい。早川に借りてこさせた、二百万円以上する代物だ。粗末に扱うな」

「知るか！」

森は、乱れた髪を片手で撫《な》でつけながら、憮然《ぶぜん》として吐き捨てる。そんな森に、ようやく地面に降り立った小一郎と敏生が駆け寄った。

「司野さん、天本さん、大丈夫ですか？　……天本さんの舞、凄《すご》く素敵《すてき》でした。何だか、それどころじゃないのに、小一郎にぶら下げられながら、うっとりしちゃいました」

素直な憧憬《どうけい》の眼差《まなざ》しを向けられ、森は少し照れて、苦笑いした。

「……まったく君は呑気《のんき》だな。すまん。何もさせないつもりだったのに、君を働かせてしまった。君こそ大丈夫か？　そして、小一郎はやっと人の姿をとれるまでに回復したのか」

「主殿《あるじどの》のお陰さまにて」

　小一郎は誇らしげに、そして申し訳なさそうに、敏生の背後でうっそりと頭を下げる。

　司野はそんな三人の姿を皮肉っぽい眼差《まなざ》しで見ていたが、やがてボソリとこう言った。

「なるほど。術者が未熟なら、式神《しきがみ》も助手も共に発展途上というわけか」

「……まだひよっこ術者だからな。だが、守りに入った奴《やつ》より、上昇しつつある奴のほうが面白いだろう」

「お前たちを見ていると、退屈しなくていい。……だが、嫌みのつもりなら、一言言っておく。俺もまだ、守りに入る気はないぞ」

　負けじと言い返した森に、司野は不敵な笑みを向けてそんなことを言った。そして、森の肩をポンと叩《たた》いた。

「借りは確かに返してもらった。……また会おう」

　チラと敏生を見て小さく頷《うなず》き、司野はきびすを返すと、そのまま山道を下りていく。森と敏生、それに小一郎は、暗がりに司野の姿がすっかり溶け去ってしまうまで、ただ無言で見送った。

やがて……訪れた恐ろしいほどの静寂を破り、森は静かな口調で敏生に呼びかけた。

「……敏生。秋になったら、もう一度高山に来ないか」

「秋になったら？　いいですけど、どうしてですか？」

森は、不思議そうな顔つきの敏生を見つめて言った。

「花を見に。霞波《かなみ》が子供時代を過ごした施設が、高山市の郊外にあるんだ」

「霞波さんが？」

森は頷《うなず》いて、敏生の冷えきった肩を抱いた。

「君が行方不明だったときに、俺はそこを初めて訪ねて、霞波と河合《かわい》さんの関係を知った。……その施設の名前が、『秋桜《コスモス》の家』というんだ」

「『秋桜の家』……コスモスが咲くんですか？」

「ああ。秋になったら、庭一面にコスモスが咲いて、それは美しいそうだ。施設長が、その頃にまた来るといいと言ってくれた」

敏生は優しい笑顔で森を見た。

「庭一面のコスモス……綺麗《きれい》だろうなあ。それ、きっと毎年霞波さんも見た光景なんですよね」

「ああ。彼女が学生時代に描《か》いたコスモスの絵を応接室で見たよ。……施設を後にするとき、コスモスの季節にまた来ようと……今度は君と一緒に来たいと思った。上手《うま》くその理由を説明できないんだが」

「説明してくれなくても、わかってますよ。たぶん」

敏生は屈託のない笑顔で言った。

「天本さんがそう思ってくれて……誘ってくれて、嬉《うれ》しいです。霞波さんの思い出を、天本さんと一緒に辿《たど》らせてもらえるの……凄《すご》く嬉しいんです」

「敏生……」

「必ず行きましょうね。……そして、もしできたらコスモスの種をもらってきて、庭に蒔《ま》いてもいいですか？　秋になって……僕らの家の庭に、霞波さんが大好きだったコスモスの花がたくさん咲いたら、凄く素敵《すてき》だと思うんです」

「……ありがとう」

どこまでもまっすぐな敏生の言葉に胸が詰まり、森はそれ以上何も言えなくなる。敏生は、肩に置かれた森の手に自分の手を重ね、祈りを込めて囁《ささや》いた。

「コスモスの花で、河合さんを迎えてあげられたらいいな。霞波さんの大好きだった花が、うちに来る人みんなの気持ちを温かくしてくれたら……とっても素敵ですよね」

*　　　　　*

それから二日後の午後。

下呂《げろ》温泉から帰り、まる一日たっぷり休息を取った森と敏生は、連れだって地元のデパートに出かけた。もちろん、敏生の誕生祝いのご馳走《ちそう》のための買い出しと、奇妙な「誕生日プレゼント」を購入するためである。

さすがに四月末にもなってウールのニットを置いているショップは少なく、二人はかなり長い時間をかけて、紳士服売り場を歩き回った。そしてようやくとあるショップでカシミアのセーターを見つけることができた。

「あ、これがいいな」

敏生は楽しげに、一着のセーターを広げ、森の胸元に当ててみた。ブルーブラックの万年筆のインクのような、渋い落ち着いた色である。いかにも森の好みそうな色合いのセーターは、実際、森のクールな容貌《ようぼう》によく似合っていた。

「ね、どうですか？　凄《すご》くいい感じですけど」

森は、いまだ困惑の面持ちで、自分の胸に押し当てられたセーターと敏生の笑顔を見比べた。

「悪くない色とデザインだが……」

「でしょう？　とっても似合ってますよ。肌触りもいいし。これいくらだろう」

襟元からひょいと値札を引っ張り出した敏生は、額面を見てギョッとする。

「えっ！　……ご、ご、ごまんさんぜんえん……!?」

どうやらそれは、敏生にとっては想像を絶する価格だったらしい。大慌てでそのセーターを、棚に戻そうとする。森は笑いながら、敏生の手首を握ってそれを止めた。

「何を慌ててるんだ？」

「だって、まさかこんなに高いなんて思わなかったから……。ど、どうしよう」

「何が？」

敏生は、半泣きの顔で、セーターと森を見比べた。

「こんなの、誕生日プレゼントにしては贅沢《ぜいたく》すぎますよ。ほかの店に行って、もっと安いのを探さなきゃ」

「まあ、落ち着けよ」

森は敏生の手からセーターを受け取り、手のひらで表面を撫《な》でてみた。毛糸はあくまでも柔らかくしなやかで、吸い付くように肌になじむ。完全な無地というわけではなく、タートルネックの折り返した首回りと袖口《そでぐち》に細いグレーのラインが入っているのが、カレッジセーター風で洒落《しゃれ》ており、森の好みに合っていた。

「カシミア百パーセントだし、名の通ったブランドのものだ。五万くらいはするさ」

「そ、そうなんですか？　だって……五万あったら僕なんて、ワンシーズンの服が全部揃《そろ》っちゃいますよ？」

「……君は安い服を買いすぎなんだよ。そろそろ、数は少なくてもいい服を買うようにしたほうが、長い目で見れば得だぞ」

「とか言って天本さん、術者の仕事で、高い服をしょっちゅう駄目にしちゃってるじゃないですか」

　そんな敏生の反撃に、森は苦笑いで頷《うなず》く。

「それを言われると、返す言葉がないな。……しかし、俺はこのセーターを不当に高いとは思わないよ。デザインも品質も気に入った。君もなんだろう？」

　敏生は、今度はおずおずとセーターに触れ、こっくり頷いた。森は笑ってあっさり言った。

「だったら、これにしよう。薄手だし、これなら今の季節でも、冷え込んだ夜に着るのにちょうどいい」

「ホントに？　ホントにこんな高いの買ってもらっていいんですか？」

「いいさ。俺が着るんだと思うと、少々複雑な気分だが……。家に帰ったら、この続きを教えてくれるんだろう？」

「……夜になってから。だってまずは、帰ってご馳走《ちそう》作ってくれるんでしょう？」

「焦《じ》らす気か？　まあいい、一か月以上遅れたとはいえ、今日は君の仰《おお》せのままに。では、とっととこれを包んでもらって、地下の食料品売り場に移動しようか」

そう言って、森は売り場の片隅でじっと二人の様子を見守っていた店員に、片手をあげた……。


その夜、天本家の食卓には、ずらりとご馳走が並んだ。手作りミートボール、大根と揚げちりめんじゃこのサラダ、炊き込みご飯、白魚と卵豆腐の吸い物、そしてタケノコと豚肉の味噌《みそ》煮込み。和洋折衷の奇妙なメニューだが、どれも敏生がリクエストした、大好物の家庭料理ばかりである。ついでにチキンカツまで供されているのは、どうやら森の矜持《きょうじ》の現れらしい。

例によって味見でほとんど満腹してしまった森とは対照的に、敏生は満面の笑みでたっぷり平らげ、もちろん食後のデザート、バースデーケーキまで胃袋に収めた。今年のバースデーケーキは、これまた敏生の希望で小さめの丸いイチゴのショートケーキだった。それに二十一本の蠟燭《ろうそく》を立て、願いを込めて……もちろん森に手伝ってもらって吹き消した敏生は、いきなりフォークを取り上げた。森も、ナイフではなくフォークを手にする。

そう、今年は敏生のたっての希望で、二人は「丸いケーキを切らずにそのまま食べ尽くす」ことにしたのである。

そんなわけで、胃袋も気持ちもすっかり満ち足りた二人は、コーヒーの入ったマグカップを手に、居間のソファーに落ち着いた。高山ほどではないが、よく言えば風通しがいい、悪く言えば隙間風《すきまかぜ》があちこちから吹き込む天本家も、まだまだ夜は冷え込む。森は暖炉に火を入れようとしたが、敏生はそんな森を引き留めた。

「暖炉はそのままでいいですから、座ってください、天本さん」

「……寒くないのかい？　食堂はともかく、ここはガラス戸から風が入るから、足元が冷えるだろう」

「寒いのがいいんです」

敏生はニコニコしてそんなことを言う。森は軽く眉《まゆ》を上げ、言われるままに敏生の隣に腰を下ろした。

「座ったぞ。それで？」

「………」

さりげなく肩にまわされた森の腕を、敏生は優しく、しかし極めてつれなく下ろしてしまう。さすがに憮然《ぶぜん》とした森に、敏生は悪戯《いたずら》っ子《こ》の顔で言った。

「ね、お誕生日のプレゼント……僕のために開けてください」

「あ……ああ」

買い物から帰ってからずっとローテーブルに置きっぱなしだった大きな紙箱を、森は手に取った。膝《ひざ》の上で、綺麗《きれい》に結ばれた金色のリボンを解き、赤い包装紙を丁寧に剝《は》がす。出てきた箱の蓋《ふた》を開けると、そこには、きちんと畳まれたカシミアのセーターが入っていた。

「開けたよ」

森の言葉に、敏生は両手を伸ばし、セーターをそっと取り上げた。デパートで触れたときと同じように、薄手のセーターはあくまで柔らかく、すんなりと手になじむ。

「デパートの蛍光灯の光で見たときより、今、白熱灯の光の下で見たほうが、何だか優しい色ですね」

「そうかもな。……それで？　君の奇妙なリクエストの全貌《ぜんぼう》を、そろそろ明らかにしてくれるのかい？」

「ええ。じゃ、セーター着てみてください」

敏生は、楽しくて仕方ない顔つきで、森にセーターを差し出した。森は仕方なく、カッターシャツを脱ぎ捨て、Tシャツの上からセーターを羽織る。サイズが大きめのセーターを買ったので、薄手ながら袖回《そでまわ》りや胴回りはゆったりして着心地がよかった。

襟元を直してから、森は敏生に両腕を広げてみせた。

「着たぞ。……どうだ？」

敏生は軽くのけぞって森の上半身をしげしげと眺め、うっとりした顔で頷《うなず》いた。

「凄《すご》く似合う。やっぱり天本さんは、高い服に全然負けてないなあ。っていうか、服のほうが、天本さんの引き立て役だなあ」

「お、おい、敏生……」

正面きって褒めちぎられ、森はさすがに照れて目元を赤らめる。敏生は、満足げに頷き、こう言った。

「じゃあ、僕の誕生日プレゼント……もらっていいですか？」

そう言われて、森は困惑し、周囲を見回す。

「そう言われても……。君が俺に買えと言ったこのセーター以外、ここには何もないぞ？」

「ううん、セーター以外にも、最高のプレゼントがありますよ」

「最高の……プレゼント？　どこに？」

敏生は、恥ずかしそうに頬《ほお》をバラ色に染め、小さな声で言った。

「ここに。僕の目の前に」

「……え？」

目を見張る森を見つめて、敏生は顔を真っ赤にしてこう言った。

「僕が誕生日にほしいのは……ふかふかの気持ちのいいセーターを着た天本さんなんで

す」

「そ……それは……」

予想もしない「プレゼントのリクエスト」に、森は切れ長の目を見開いたままで硬直してしまう。敏生は、もじもじと言葉を継いだ。

「あのね。……あんな事件があったから……余計に、天本さんにくっついてるととても落ち着くし安心するし、幸せな気分になるんです。だから、とびきり気持ちのいいセーターを着た天本さんにぎゅって抱いてもらったら、凄く素敵《すてき》だろうなって思って」

それを聞いた森のきつい目が、優しく和んでいく。敏生は、少し心配そうに森の顔を上目遣いに見た。

「あの……駄目ですか？」

森は笑いながら、敏生の柔らかな髪をクシャリと撫《な》でた。

「いや。だが、そんなことでいいのかい？　俺は君の誕生日に自分用のセーターを手に入れたのに、君は何も……」

「何も？　そんなことないですよ。だってセーターは……確かに凄く高いけど、頑張ってお金を貯めさえすれば買えるもの。だけど、そのセーターを着た天本さんは、絶対にお金じゃ買えないでしょう？」

「確かに、金で買われる趣味はないいな」

森は冗談めかして言う。敏生も、クスッと笑って言った。

「僕にとって天本さんは、いちばん大事でいちばんほしいものなのに、どんなに頑張ったってお金じゃ買えないものだもの。……いちばん贅沢《ぜいたく》なおねだりですよ？」

「それはそれは。……ご指名いただいて光栄だ、としか言いようがないな」

そう言って、森はソファーに深く座り直した。そして、急に真顔になって、敏生に左腕を差し出した。

「……おいで」

「え？」

てっきり立って抱きしめてもらうのだと思っていた敏生は、目をパチクリさせる。森は、微笑して言った。

「立っていたんじゃ、くつろげないだろう。……だから」

森の右手が、自分の膝《ひざ》をポンと叩《たた》く。彼の意図を察した敏生は、火を噴きそうに赤い顔で、しかしおずおずと森の膝に腰を下ろした。

森は敏生を膝の上で横抱きにし、腕の中に、その華奢《きゃしゃ》な体をすっぽりと収めた。

「……ふう」

敏生は、森の広い胸に体を預け、幸せそうな溜《た》め息《いき》をついた。セーターの肩に頰《ほお》を押しつけ、優しい温《ぬく》もりを体いっぱいで味わう。森は、そんな敏生の背中をゆっくりと撫《な》でて

やりながら、そっと問いかけた。

「どうだい？　リクエストした甲斐《かい》はあったか？」

「想像以上ですよ。……よかった、思いきってリクエストしてみて。……ね、天本さん。もうしばらくこうしてていいですか？」

「いつまででも、君の気のすむまで。……このまま眠って朝を迎えようが、俺はかまわないよ」

「もう、天本さんったら」

「……君からのリクエストは叶《かな》えたが……」

森はそう言いながら、笑う敏生のほっそりした顎《あご》を、指先で持ち上げた。至近距離で、鳶色《とびいろ》の瞳《ひとみ》が森の顔を見つめる。

「何ですか？」

まだ擦り傷が癒《い》えない敏生の頬《ほお》を手のひらで撫《な》でながら、森は敏生の耳元で囁《ささや》いた。

「俺からのプレゼントとして、キスなど追加してもいいかな」

敏生は、照れくさそうに細められた森の黒曜石の瞳を見つめ、嬉《うれ》しそうに頷《うなず》く。軽いキスを数回繰り返してから、森は唇をほんの少し触れ合わせたままでこう言った。

「ついでに、予告しておこうか。俺の誕生日には、君が着るカシミアのセーターをリクエストしよう。……二人ともがこんなセーターを着ていたら、きっともっと気持ちいいと思うから」

「………楽しみです」

敏生は両腕で思いきり森を抱き返す。今度こそ、二人は深く唇を重ねた。

「まったく。人間というのは、あのように密着することで何が得られるというのだろう。妖魔《ようま》の俺にはよくわからぬが、飽きもせず繰り返すところをみると、よほど収穫があるのであろうな。……今度、うつけで試してみるか」

研究熱心な式神《しきがみ》が、庭の大木の枝に腰掛けて家の中を覗《のぞ》きつつそんな不穏な呟《つぶや》きを漏らしていたことを、幸せな二人は知るよしもなかった……。

あとがき

皆さんお元気でお過ごしでしょうか、椹野道流《ふしのみちる》です。

何とびっくり、「奇談シリーズ」も今作「抜頭《ばとう》奇談」をもって、二十作目となりました。やー、いつの間にそんなことに！　って感じですが、これもひとえにあかまさんや担当さんがた、あちこちで力を貸してくださるスタッフの方々、そして書店さん、それに誰よりも読者の皆さんのおかげです。

本当はおひとりずつにお礼を申し上げたいのですがとても無理ですので、ここでまとめて言わせてください。本当にありがとうございました。そして、これからもどうぞよろしくお願いいたします。

それから、これまで敢《あ》えて言わなかったせいで、扉のあらすじや帯の文句、それにあの「折々のうた」も真っ青の字数ばっちり人物紹介を書いているのは私か編集さんだと思っている読者さんが少なくないのではないかと思います……が、これは、ずっと小山祐子《こやまゆうこ》さんという方が書いてくださっています。ありがとうございます。実は、イラストと並んで人物紹介を見るのが楽しみ……。

さて、前作「海月奇談《かいげつきだん》上・下」では、予想以上のハードな展開に、すっかりグッタリしてしまった読者さんが多かったようです。書いた私もキャラクターたちも、約二名を除いてすっかり疲労困憊《ひろうこんぱい》してしまったため、予告どおり、「抜頭奇談《ばとう》」は、温泉旅行編と相成りました。

ただ、司野《しの》がやたらに騒動を引き起こして天本《あまもと》と敏生《としき》を振り回してくれたので、本当に慰安やら静養やらになったのかどうか……。龍村《たつむら》が旅行の顛末《てんまつ》を聞いたら、天本を、「お前がついていながら！」と叱《しか》りつけそうですね。今回、新しく登場した「組織」絡《がら》みの雅楽器職人、水無月《みなづき》馨《かおる》も、気が弱いながらもちょっと癖がありそうな人物です。次はいつ、どんなシチュエーションで出てくるのか、今から楽しみです。

私はこれまでに三度、下呂《げろ》温泉と高山《たかやま》に行ったことがあります。

最初に彼《か》の地に行ったのは、二年ほど前のことでした。そのときは、高山にはこれといった印象はなく、下呂温泉における「山の湯」のモデルとなったお宿のあまりの怪しさと素晴らしさにすっかり心を奪われてしまいました。何が怪しいって、我々の客室専用のトイレと洗面所とお風呂《ふろ》が、それはそれは長い渡り廊下の先の別棟にちょこんとしつらえてあるのです。深夜に漆黒の闇《やみ》を窓の外に見ながらトイレに行くのは、かなり怖い経験でした。しかし、昭和《しょうわ》初期に建てられた数寄屋《すきや》造《づく》りの本館や、アール・デコがあちこちに香る洋館の趣がそれはもう素敵《すてき》で、いつかまたこのお宿に、と願ったものです。

いよいよ「抜頭《ばとう》奇談」で下呂温泉と飛騨《ひだ》高山を舞台にしようと決めたとき、幸い、高山在住の読者さんであるSさんとOさんが、ご親切に案内役を引き受けてくださいました。しかも二度も！　そう、一度目に取材したときには気にも留めていなかった松倉《まつくら》城址《じょうし》に突然天本と敏生が足を向けたため、私は大慌てでSさんに連絡し、再度お骨折りいただいたのでした。彼女と彼女の愛車なしには、私はけっして松倉城址本丸に立つことはできなかったでしょう。いやはや。えらい山道でした。そして本当に蛇がいた……。

それにしても、現地の方に案内していただいた高山は、まことに「美味《おい》しい」町でした。飛騨牛串焼きは安いのに絶品だし、駄菓子はきなこの風味が豊かだし、朴葉《ほおば》みそは言うまでもなく……そして何より、今回ようやく口にできた噂《うわさ》の「漬物ステーキ」……あれは……あれは凄《すご》い！　お店や家庭によって少しずつ作り方が違うそうなのですが、作中で敏生が巨大チキンカツを満喫した「京や」さんで頂いた漬物ステーキは、白菜の漬物をバターで炒《いた》め、周囲を薄く卵でとじてもみ海苔《のり》をかけてありました。ちょっと醬油《しょうゆ》を垂らして食べると、とってもまろやかで優しい味になります。漬物にバターなんて素敵なミスマッチを考えついたのは、いったい誰なんでしょうね。高山に行かれる際は、是非お試しを。

結局、二度とも宿泊したくだんのお宿も、相変わらず素敵《すてき》でした。実際に「足湯」が新設されており、これが何にも勝る気持ちよさなのです。冷たい夜風に吹かれながら、足湯で体をほっこり温め、アイスクリームを食べる……というのが最高でした。きっと天本と敏生もそうしたことでしょうね。下呂温泉のお湯は、驚くほど肌がしっとりすべすべになるので、女性には特におすすめです。

とにかく、今回の作品は、SさんとOさんのご助力の賜《たまもの》です。ありがとうございました。


タイトルにもなっている「抜頭《ばとう》」というのは雅楽の曲の一つで、その舞は、「走舞《はしりまい》」という動きの激しいものです。舞には左方《さほう》と右方《うほう》があるのですが、天本が大奮闘して身につけたのは、どうやら左方の舞のようです。もちろん、普通は一朝一夕に身につくようなものではないので、司野の指導がよかったのか、天本の運動神経がよかったのか……。

司野のために龍笛《りゅうてき》を習っている私ですが、龍笛というのは見た目の優雅さと違って身体的にきつい楽器です。音が高いので、吹き続けていると右耳がボーンと遠くなり、息継ぎを頑張りすぎてうなじが痛くなります。いやはや。

「抜頭奇談」を書いているあいだ、もちろん抜頭も聴いたのですが、何しろこれはあわただしい曲なので、リピートし続けると苛々《いらいら》してきます。というわけで、実際にたくさん聴いたのは、「仁明《にんみよう》天皇の雅楽」というCDでした。私はどうも雅楽はフルオーケストラより龍笛《りゆうてき》主体のシンプルな形態が好きなので、龍笛と笙《しよう》だけで全曲が演奏されるこの一枚は、雅楽関係ではいちばん好きな盤です。

今回は、ペーパーについていつもと少し違うお知らせがあります。「海月奇談《かいげつ》上・下」そして今作「抜頭《ばとう》奇談」が二か月ごとの変則的な刊行であったため、一冊ごとにペーパーを作ることがどうしてもできませんでした。というわけで、同人誌新刊発行に合わせ、年末頃に「春眠洞《しゆんみんどう》通信第二〇号」を発行しようと思います。お手紙に①80円切手②タックシールにご自分の住所氏名を様付きで書いた宛名《あてな》シール（両面テープ不可）を同封してくださった方にはもれなくペーパーを送らせていただきます。「海月奇談」発行後にお手紙をくださった方々については、あるいは同じペーパーが何通かお手元に届いてしまうことと思います。申し訳ありませんが、今回はご容赦くださいませ。

こつこつと夜なべで作業をしますので、お手紙が転送されてくるまでのタイムラグを含め、けっこう時間がかかります。気長にお待ちいただける方のみご利用いただけますよう、お願いいたします。

また、お友だちのにゃんこさんが管理してくださっている椹野後見ホームページ「月世界大全」http://moon.wink.ac/でも、最新の同人情報やイベント情報、それにいち早く新刊情報がゲットできます。ホームページでしか読めないショートストーリーもありますので、パソコンが利用できる環境にある方は、是非お訪ねください。

次回予告ですが、ようやくメインキャラが復活してきたので、次は是非とも冒険させてみたいですね！　河合《かわい》師匠はいつ帰還するのか、トマス父さんはいつ出没するのか……。気持ちも新たに、書いていきたいと思います。

それとは別に、ちょっとだけ予告を。

実は、「奇談シリーズ」とは別に、新しいシリーズをホワイトハートで始めさせていただく計画がちょこちょこ進んでおります。「奇談シリーズ」とはまったく毛色の違った、ほのぼの、のんびりした……でも人にあらざるちょっと不思議な生き物が出てくるような。私らしく、お料理の話やレシピがたくさん出てくるストーリーを考えています。こちらも続報を楽しみにお待ちください。

あ、でも「奇談」もまだまだ続きますので、ご心配なく！

お礼ずくめのあとがきですが、最後にやっぱりいつもの方々にお礼を。

イラストのあかまさん。読者さんから、「司野、天本、小一郎《こいちろう》の男前トリオが見たい」という希望が……。い、言われてみれば私も見たい！　というわけで、いつかそういうシーンを書いたときは、ぜ、是非ともよろしくお願いします！

担当の奥村《おくむら》さん。今回も私の目のトラブルで慌てさせてしまって申し訳ありませんでした。「黒目に血管が入った目」のイラスト、可愛《かわい》らしくも恐ろしゅうございました。

それではまた、近いうちにお目にかかります。ごきげんよう。

——皆さんの上に、幸運の風が吹きますように……。

椹野　道流　九拝

椹野道流先生の『抜頭奇談』はいかがでしたか？
椹野道流先生、あかま日砂紀先生への、みなさまのお便りをお待ちしています。
椹野道流先生へのファンレターのあて先
〒112-8001　東京都文京区音羽2-12-21　講談社　X文庫「椹野道流先生」係
あかま日砂紀先生へのファンレターのあて先
〒112-8001　東京都文京区音羽2-12-21　講談社　X文庫「あかま日砂紀先生」係

N.D.C.913　298p　15cm

椹野道流（ふしの・みちる）
2月25日生まれ。魚座のO型。兵庫県出身。法医学教室勤務を経て、現在は専門学校講師や猫の母その他もろもろの仕事に携わる。望まずして事件や災難に遭遇しがちな「イベント招喚者」体質らしい。『人買奇談』から始まる〝奇談シリーズ〟は本作品で20作目。オリジナルドラマCDとして『幽幻少女奇談』『生誕祭奇談』も好評。

講談社X文庫

抜頭奇談《ばとうきだん》

椹野道流《ふしのみちる》

●

2003年12月5日　第1刷発行

定価はカバーに表示してあります。
発行者――野間佐和子
発行所――株式会社　講談社
東京都文京区音羽2-12-21　〒112-8001
電話　編集部　03-5395-3507
販売部　03-5395-5817
業務部　03-5395-3615
本文印刷―豊国印刷株式会社
製本――有限会社中澤製本所
カバー印刷―半七写真印刷工業株式会社
デザイン―山口　馨

ISBN4-06-255708-8

講談社X文庫ホワイトハート・FT&NEO伝奇小説シリーズ

青い髪のシリーン[上]　ひかわ玲子
狂王に捕らわれたシリーン少年の運命は!?（絵・有栖川るい）

青い髪のシリーン[下]　ひかわ玲子
シリーンは、母との再会が果たせるのか!?（絵・有栖川るい）

暁の娘アリエラ[上]　ひかわ玲子
〝エフェラ&ジリオラ〟シリーズ新章突入！（絵・ほたか乱）

暁の娘アリエラ[下]　ひかわ玲子
ベレム城にさらわれたアリエラに心境の変化が!?（絵・ほたか乱）

水晶の娘セリセラ[上]　ひかわ玲子
ひかわ玲子のライフワーク、久々の新作。（絵・由羅カイリ）

水晶の娘セリセラ[中]　ひかわ玲子
幼い少女の〈力〉で動きだした歴史の行方は!?（絵・由羅カイリ）

人買奇談　椹野《ふしの》道流《みちる》
話題のネオ・オカルト・ノヴェル開幕!!（絵・あかま日砂紀）

泣赤子奇談　椹野道流
姿の見えぬ赤ん坊の泣き声は、何の意味!?（絵・あかま日砂紀）

八咫烏《やたがらす》奇談　椹野道流
黒い鳥の狂い羽ばたく、忌まわしき夜。（絵・あかま日砂紀）

倫敦《ロンドン》奇談　椹野道流
美代子に請われ、倫敦を訪れた天本と敏生《としき》は!?（絵・あかま日砂紀）

幻月奇談　椹野道流
あの人は死んだ。最後まで私を拒んで。（絵・あかま日砂紀）

龍泉奇談　椹野道流
伝説の地・遠野でシリーズ最大の敵、登場！（絵・あかま日砂紀）

土蜘蛛奇談[上]　椹野道流
少女の夢の中、天本と敏生のたどりつく先は!?（絵・あかま日砂紀）

土蜘蛛奇談[下]　椹野道流
安倍晴明は天本なのか。いま彼はどこに!?（絵・あかま日砂紀）

景清奇談　椹野道流
絵に潜む妖《あやか》し。女の死が怪現象の始まりだった。（絵・あかま日砂紀）

忘恋奇談　椹野道流
天本が敏生に打ち明けた苦い過去とは……。（絵・あかま日砂紀）

遠日奇談　椹野道流
初の短編集。天本と龍村の出会いが明らかに！（絵・あかま日砂紀）

蔦蔓《つたかずら》奇談　椹野道流
闇を切り裂くネオ・オカルトノベル最新刊！（絵・あかま日砂紀）

童子切奇談　椹野道流
京都の街にあの男が出現！天本、敏生は奔る！（絵・あかま日砂紀）

雨衣奇談　椹野道流
奇跡をありがとう——天本、敏生ベトナムへ！（絵・あかま日砂紀）

☆……今月の新刊

講談社X文庫ホワイトハート・FT&NEO伝奇小説シリーズ

嶋子奇談　椹野道流
龍村——秘められた幼い記憶が蘇る……。（絵・あかま日砂紀）

貘夢奇談　椹野道流
美しい箱枕——寝《やす》む者に何をもたらすか……。（絵・あかま日砂紀）

犬神奇談　椹野道流
敏生と天本が温泉に！　そこに敏生の親友が⁉（絵・あかま日砂紀）

楽園奇談　椹野道流
クリスマスの夜。不思議な話が語られた……。（絵・あかま日砂紀）

琴歌奇談　椹野道流
旅行から帰った敏生を待っていたもの、それは⁉（絵・あかま日砂紀）

海月《かいげつ》奇談〔上〕　椹野道流
「奇談」ファミリーに最大の試練が襲う!!（絵・あかま日砂紀）

海月《かいげつ》奇談〔下〕　椹野道流
敏生たちを襲ったのは、意外な人物だった！（絵・あかま日砂紀）

☆**抜頭奇談**　椹野道流
龍笛に宿る深い怨念《おんねん》。果たしてその正体は⁉（絵・あかま日砂紀）

クリスタル・ブルーの墓標　私設諜報ゼミナール　星野ケイ
政府からのミッションに挑む新シリーズ!!（絵・大峰ショウコ）

胡蝶《こちょう》の島　私設諜報ゼミナール　星野ケイ
学習塾が離島で強化合宿！　……真相は⁉（絵・大峰ショウコ）

月下の迷宮　私設諜報ゼミナール　星野ケイ
飛鷹《ひだか》の命を狙う宿敵が！　ついに絶体絶命か⁉（絵・大峰ショウコ）

浮世《うきよ》奇絵《あやしえ》草紙《そうし》　水野武流
第9回ホワイトハート大賞《大賞》受賞作!!（絵・花吹雪桜子）

吉原花時雨《よしわらはなしぐれ》　水野武流
優しかった姐女郎《あねじょろう》の死。その謎に吉弥が迫る。（絵・花吹雪桜子）

斎姫異聞《いつきひめいぶん》　宮乃崎桜子
第5回ホワイトハート大賞《大賞》受賞作!!（絵・浅見　侑）

月光真珠　斎姫異聞　宮乃崎桜子
闇の都大路に現れた姫宮そっくりの者とは⁉（絵・浅見　侑）

六花風舞《りっかかぜにまう》　斎姫異聞　宮乃崎桜子
〈神の子〉と崇められ女たちを喰う魔物出現。（絵・浅見　侑）

夢幻調伏《むげんちょうぶく》　斎姫異聞　宮乃崎桜子
夢魔の見せる悪夢に引き裂かれる宮と義明《よしあきら》。（絵・浅見　侑）

満天星降《まんてんにほしのふる》　斎姫異聞　宮乃崎桜子
式神たちの叛乱に困惑する宮に亡者の群れが。（絵・浅見　侑）

暁闇新皇《あかときやみのしんのう》　斎姫異聞　宮乃崎桜子
将門の怨霊復活に、震撼する都に宮たちは⁉（絵・浅見　侑）

燐火鎮魂《りんかたましずめ》　斎姫異聞　宮乃崎桜子
恋多き和泉式部に取り憑いたのは……妖狐⁉（絵・浅見　侑）

☆……今月の新刊

ホワイトハート大賞は大きく変わります!

いつも講談社X文庫をご愛読いただいてありがとうございます。新人作家の登竜門として、多くの才能を生み出してきたホワイトハート大賞が第12回より、募集要項を変更することになりました。

1 賞の名称をX文庫新人賞とします。活力にあふれた、瑞々しい物語なら、ジャンルを問いません。

2 編集者自らがこれはと思う才能をマンツーマンで育てます。完成度より、発想、アイディア、文体等、ひとつでもキラリと光るものを伸ばします。

3 年に1度の選考を廃し、大賞、佳作など、ランク付けすることなく随時、出版可能と判断した時点で、どしどしデビューしていただきます。

**X文庫はみなさんが育てる文庫です。
プロデビューへの最短路、
X文庫新人賞にご期待ください!**

お知らせ　第12回より、

●応募の方法

資格　プロ・アマを問いません。

内容　X文庫読者を対象とした未発表の小説。

枚数　必ずワープロ原稿で、40字×40行を1枚とし、全体で80枚から100枚。縦書き、普通紙での印字のこと。感熱紙での印字、手書きの原稿はお断りいたします。

賞金　デビュー作の印税。

締め切り　1回目の締め切りを2004年5月31日（当日消印有効）に設定します。郵送、宅配便にて左記のあて先まで、お送りください。以降は特に締め切りを定めません。作品が書き上がったらご応募ください。

特記事項　採用の方、有望な方のみ編集部より連絡いたします。

あて先　〒112-8001　東京都文京区音羽2-12-21
講談社X文庫出版部　X文庫新人賞係

なお、本文とは別に、原稿の1枚目にタイトル、住所、氏名、ペンネーム、年齢、職業（在校名、筆歴など）、電話番号を明記し、2枚目以降に1000字程度のあらすじをつけてください。

原稿は、かならず通しナンバーを入れ、右上をひも、またはダブルクリップで綴《と》じるようにお願いします。また、2作以上応募される方は、1作ずつ別の封筒に入れてお送りください。

応募作品は返却いたしませんので、必要な方はコピーを取ってからご応募願います。選考についての問い合わせには応じられません。

作品の出版権、映像化権、その他いっさいの権利は、小社が優先権を持ちます。